Thomas Brezina

DAS KABINETT DES DR. HORRIBILUS

Mit Illustrationen von Jan Birck

Ravensburger Buchverlag

STECKBRIEFE

HALLO,
ALSO HIER MAL IN KÜRZE
DAS WICHTIGSTE ÜBER UNS:

POPPI

NAME: Paula Monowitsch
COOL: Tierschutz
UNCOOL: Tierquäler, Angeber
LIEBLINGSESSEN: Pizza (ohne Fleisch, bin Vegetarierin!!!)
BESONDERE KENNZEICHEN: bin eine echte Tierflüsterin – bei mir werden sogar Pitbulls zu braven Lämmchen

DOMINIK

NAME: Dominik Kascha
COOL: Lesen, Schauspielern (hab schon in einigen Filmen und Theaterstücken mitgespielt)
UNCOOL: Erwachsene, die einen bevormunden wollen, Besserwisserei (außer natürlich, sie kommt von mir, hähä!)
LIEBLINGSESSEN: Spaghetti (mit tonnenweise Parmesan!)
BESONDERE KENNZEICHEN: muss immer das letzte Wort haben und kann so kompliziert reden, dass Axel in seine Kappe beißt!

AXEL

NAME: Axel Klingmeier
COOL: Sport, Sport, Sport (Fußball und vor allem Sprint, bin Schulmeister, habe sogar schon drei Pokale gewonnen)
UNCOOL: Langweiler, Wichtigtuer
LIEBLINGSESSEN: Sushi … war bloß'n Witz (würg), also im Ernst: außer Sushi alles! (grins)
BESONDERE KENNZEICHEN: nicht besonders groß, dafür umso gefährlicher (grrrrrr!)

LILO

NAME: Lieselotte Schroll (nennt mich wer Lolli, werde ich wild)
COOL: Ski fahren, Krimis
UNCOOL: Weicheier, Heulsusen
LIEBLINGSESSEN: alles, was scharf ist, thailändisch besonders
BESONDERE KENNZEICHEN: blond, aber unheimlich schlau (erzähl einen Blondinenwitz und du bist tot …)

Bibliografische Information Der Deutschen Bibliothek

Die Deutsche Bibliothek verzeichnet diese Publikation
in der Deutschen Nationalbibliografie;
detaillierte bibliografische Daten sind im Internet über
http://dnb.ddb.de abrufbar.

1 2 3 4 5   11 10 09 08 07

© 2007 Ravensburger Buchverlag Otto Maier GmbH
Dieser Sonderband enthält den Band 56:
Das Geheimnis des Herrn Halloween
© 2001 Ravensburger Buchverlag Otto Maier GmbH
und Auszüge aus *Abenteuertipps für Juniordetektive*
© 1996 hpt-Verlagsgesellschaft m.b.H. & Co. KG
Umschlagillustration: Jan Birck
Innenillustrationen:
Jan Birck und Alexander Jung
Redaktion: Beate Spindler
Printed in Germany
ISBN 978-3-473-47127-0

www.ravensburger.de
www.thomasbrezina.com
www.knickerbocker-bande.com

INHALT

Was ist nur geschehen? **6**

Flucht **13**

Die Erinnerung kehrt zurück **21**

Axel, der Dieb **28**

Dunkle Gedanken **36**

Sechs fehlende Stunden **48**

Wichtige Informationen **55**

Der Gedächtnislöscher **65**

Nachricht für die Banden-Freunde **72**

Das Horror-Haus **79**

Gefährliche Leute **86**

Total beknackt **94**

Sprengungen geplant **103**

Die Erinnerung kehrt zurück **112**

Der Hexenstein **122**

Haus der Schrecken **131**

Das halbe Ohr **138**

Die Entführung **148**

Luft! **154**

Die Sprengung **161**

Dominik wird zur Hexe **169**

Sie haben uns entdeckt **176**

WAS IST NUR GESCHEHEN?

Axel fühlte sich, als würde er aus einem schwarzen See auftauchen. Eine unsichtbare Kraft trug ihn langsam nach oben, bis sein Kopf die Wasseroberfläche durchstieß. Licht fiel auf sein Gesicht und er konnte endlich tief einatmen.

Das Licht war tatsächlich da. Dünne Strahlen fielen durch seine Wimpern und taten in den Augen weh wie Nadelstiche. Als Axel vorsichtig Arme und Beine bewegte, spürte er aber kein Wasser.

Er war gar nicht in einem dunklen See.

Aber wo war er dann?

Die Augenlider waren entsetzlich schwer. Es kostete ihn viel Kraft, sie langsam zu öffnen. Die Augen mussten sich erst einmal an das grelle Licht gewöhnen.

„Aaaaaaa!" Mit einem Schrei sauste Axel in die Höhe. Sofort tastete er suchend nach Halt, da sich in seinem Kopf alles zu drehen begann. Er fühlte sich, als ob er drei Fahrten nacheinander im *Disco-Dancer* hinter sich hätte. Der *Disco-Dancer* war eine Art Karussell, das so ähnlich wie eine Wäscheschleuder funktionierte, allerdings waren dort keine Wäschestücke drin, sondern Menschen, die Nervenkitzel brauchten.

Axel schrie, weil er entdeckt hatte, woher das Licht kam, das ihn blendete. Es fiel aus zwei großen runden Augen und einem breit grinsenden Mund, in dem nur drei Zähne standen.

Noch immer raste Axels Herz und er spürte das Klopfen im Hals und im Kopf. Sein Mund war so trocken, als hätte jemand mit dem Föhn hineingeblasen. Die Zunge fühlte sich an wie Löschpapier.

Vor Panik keuchte Axel wie nach einem Tausendmeterlauf. Er saß jetzt und starrte auf das orangefarbene runde Gesicht vor ihm. Natürlich hatte er mittlerweile erkannt, womit er es zu tun hatte: Es war ein großer Kürbis, in den jemand Mund, Augen und eine dreieckige Nase geschnitzt hatte. Im Inneren des Kürbisses brannte eine starke Lampe.

Langsam beruhigte sich Axel ein wenig. Er atmete tief durch und schüttelte über sich selbst den Kopf.

Wie konnte er nur vor einem Kürbiskopf erschrecken? In drei Tagen war der 31. Oktober und nicht nur in den USA, sondern auch bei ihnen wurde Halloween gefeiert. Kürbislaternen standen jetzt vor vielen Häusern.

Wo bin ich eigentlich? Die Frage tauchte wie ein Blitz in Axels Kopf auf und ließ sein Herz gleich wieder heftig pochen. Er hatte nicht die geringste Ahnung, wo er sich befand.

Es roch nach frisch geschnittenem Kürbis, feuchter Erde, alten Wolldecken und Staub. Diese Mischung hatte er noch nie in die Nase bekommen. Aufgeregt klopfte er mit beiden Händen die Fläche neben und hinter sich ab. Er ertastete ein Kissen mit klumpiger Füllung und die Falten eines Lakens.

Fehlte nur noch die Bettdecke. Seine Hände sausten nach vorn und bekamen den Rand einer kratzigen Wolldecke zu fassen.

Was war das für ein Bett?

Noch immer glotzte ihn die Kürbislaterne mit den unheimlichen Augen an. Die Strahlen, die durch die Öffnungen drangen, waren die einzige Lichtquelle. Axel drehte den Kopf zur Seite und wartete, bis sich seine Augen an das Halbdunkel gewöhnt hatten.

Was stand dort an der Wand? War das ein …

Nein, Axel wollte und konnte es nicht glauben. An der Wand lehnte ein kleiner Sarg. Der Deckel war zur Seite gerutscht und ein kalkweißes Gesicht mit tiefen dunklen Ringen unter den Augen war zu erkennen. Es war nicht das Gesicht eines Kindes, sondern das eines Erwachsenen, der schlief. Aber wie passte er in diesen kleinen Sarg?

Auf der anderen Seite fiel das Licht des Kürbiskopfes auf ein Spinnennetz. Die Fäden glitzerten silbrig und in der Mitte hockte eine fette Spinne, die die Größe einer Katze hatte. Ein giftgelbes Kreuz prangte auf ihrem Rücken.

Das reichte Axel. Er schleuderte die Wolldecke von seinen Füßen und schwang sich aus dem Bett. Mit den Sohlen berührte er einen weichen Teppich, in den er tief versank. Erschrocken riss er die Beine wieder in die Höhe, aus Angst, er könnte zwischen den Teppichfasern untergehen.

Unsinn! Das war blanker Unsinn! Das war gar nicht möglich. Axel wusste es, trotzdem hatte ihn die Angst wie eine eiskalte Hand gepackt. Hinter seiner Stirn hämmerte jetzt nur noch ein einziger Gedanke: *Raus!*

Raus aus diesem Gruselkabinett. Axel hatte keinen Schimmer, wo genau er sich befand und wie er hierhergekommen war.

Raus, denn nichts konnte schlimmer sein als dieser Raum.

Er ließ die Füße wieder auf den Teppich sinken, kümmerte sich nicht um das wabbelige Gefühl unter seinen Sohlen, stand auf und sah sich suchend nach einer Tür um. Dabei erlebte er aber nur weitere Schrecken: Auf einem Regal knapp unter der Decke des niedrigen Raumes lagen mehrere Augäpfel und starrten mit totem Blick vor sich hin. Darunter ragten Hände aus der Wand, als hätte man dort Menschen eingemauert.

Wo war nur die Tür?

Wie in einem Albtraum torkelte Axel durch den düsteren Raum. Bloß nirgends anstoßen! Er hatte absolut keine Lust auf eine nähere Begegnung mit der Spinne oder dem kleinen Mann in dem Sarg.

Raus, raus, raus!

Mit dem Schienbein stieß er gegen eine Kante, stolperte und landete wieder auf dem Bett. Für einen guten Sportler wie ihn war es eine Kleinigkeit, sich mit beiden Händen fest abzustoßen und wieder auf die Beine zu kommen.

Irgendwo musste es doch einen Weg aus diesem schrecklichen Zimmer geben! Er war ja schließlich auch hereingekommen!

Wieder wagte er zwei Schritte vorbei an der Kürbislaterne, die auf einer dunklen Säule thronte. Axel hatte das Ende des Bettes erreicht und sah jetzt in eine Ecke des Zimmers, die ihm bisher verborgen geblieben war. Sein Herz machte einen Sprung. Dieses Mal vor Freude. Der Grund war ein dünner Lichtstreifen auf dem Boden. Solche Lichtstreifen erschienen unter Türen.

Die Hände nach vorn gestreckt, um jedes Hindernis rechtzeitig ertasten zu können, ging er auf die Tür zu. Es fehlten nur noch vier große Schritte. Eins, zwei, drei und …

Vor ihm ertönte ein Knall und Axel blieb erschrocken stehen. Der Knall war von der Tür gekommen, die nach innen aufflog. Licht drang herein, das Axel so grell und blendend wie eine Flutlichtanlage auf dem Fußballplatz vorkam. Schützend hob er den

Arm vor das Gesicht und blinzelte über den Ärmel seines Pullis.

In dem gleißend hellen Rechteck der Türöffnung stand eine schwarze Gestalt.

FLUCHT

Der Schreck war auf beiden Seiten gleich groß. Axel spürte, wie der Unbekannte zuerst zurückwich und dann einen energischen Schritt nach vorn machte, als wollte er den Fluchtweg verstellen. Er stemmte die Hände links und rechts gegen den Türrahmen. Er trug einen langen wallenden schwarzen Mantel, dessen weite Ärmel jetzt auf beiden Seiten tief herabhingen.

Sieht aus wie der Mantel eines Zauberers, schoss es Axel durch den Kopf.

Was war das hier? Ein Traum? Ein Albtraum? Träumte er gerade, in diesem schrecklichen Zimmer aufgewacht zu sein? Würde er vielleicht im nächsten Moment die Augen öffnen und dann beruhigt in seinem eigenen Bett liegen?

„Wer bist du?" Die Stimme des Unbekannten war tief und rau.

„Äh … Axel", stammelte der Juniordetektiv. Noch immer hatte er das Gesicht des Mannes nicht sehen können. Das Licht, das von draußen in den Raum fiel, war zu grell.

„Wie bist du in mein Haus gekommen? Bist du einer von diesen kleinen Einbrechern, die hier die Gegend unsicher machen?" Die Stimme des Typen klang bedrohlich.

„Nein, nein, ich … ich habe … es ist … bitte …" Am liebsten hätte sich Axel geohrfeigt, weil er so herumstammelte. Er musste sich wirklich anhören wie ein Dieb, der gerade ertappt worden war. Nachdem er dermaßen tief Luft geholt hatte, dass ihm fast schwindlig wurde, sagte er langsam: „Wo bin ich hier? Und wer sind Sie?"

Der Mann in der Türöffnung lachte trocken, es hörte sich fast wie ein Husten an.

„Du machst wohl Witze, du kleiner Ganove. Versuchst den Ahnungslosen zu spielen. Darauf falle ich aber nicht herein. Bist wohl einer von den Jungen aus dem Dorf, der ein paar Verkleidungen und Kürbisse klauen will. Für die Halloween-Party."

„Nein, ich … bin ich nicht, ich bin ein Knickerbocker", sprudelte es aus Axel heraus.

14

„Kni-cker-bo-cker?" Ungläubig wiederholte der Mann das Wort. Das sind doch so kurze Hosen, die heute niemand mehr trägt. Du bist eine Hose?"

„Meine Freunde und ich, wir sind eine Bande – die Knickerbocker-Bande." Axel stellte fest, dass er gar nicht erst nachdenken musste, die Worte kamen ganz von allein. „Wir sind Detektive und wir haben schon viele Fälle gelöst."

„Soso", sagte der Mann spöttisch. „Junge Detektive, die der Polizei Konkurrenz machen. Das kannst du deiner Urgroßtante erzählen. Du bist ein Dieb, ein Einbrecher, sonst nichts. Ich werde dich anzeigen."

„Nein, bitte nicht!", flehte Axel. Er war verzweifelt. Da er wirklich keine Ahnung hatte, was mit ihm geschehen war, konnte er diesem Mann im weiten Mantel mit dem hohen Hut auch keine glaubwürdige Erklärung liefern. Nur eines wusste Axel ganz sicher: Er war kein Dieb, er war nicht eingebrochen und er hatte auch nichts stehlen wollen.

Zappelnd trat er von einem Bein auf das andere.

„Musst du auf die Toilette?", fragte der Mann, der jetzt ein wenig milder klang.

„Ja, dringend!"

„Falls das ein Trick sein soll, um abzuhauen, rate ich dir, es besser nicht zu tun."

„Das ist kein Trick, ich muss wirklich!" Axel war es fürchterlich peinlich. Vor allem spürte er jetzt ganz plötzlich, wie eilig es war.

Der Mann trat zur Seite. Das Licht fiel auf sein Gesicht, das lang und fahl war. *Spitzes Kinn und dünne Nase*, dachte Axel, der mit seinen Knickerbocker-Freunden oft geübt hatte, einen Menschen mit wenigen Worten genau zu beschreiben. Ein grauer Ziegenbart spross auf dem Kinn.

Sein Hut besaß eine breite schwarze Krempe. Dünnes, graues Kraushaar schaute unter dem Rand des Hutes hervor.

Der Mann ging ein paar Schritte und Axel stolperte hinterdrein. Das Licht, das ihm so grell vorgekommen war, war die Sonne, die tief am Himmel stand und durch breite Fenster in das Haus fiel.

Beim Gehen bauschte sich der weite Mantel des Mannes auf. Wieso trug er ihn? Kein Mensch hatte so etwas heute noch an. Wo war Axel nur hineingeraten?

Weiter ging es in einen engen Flur. Der Mann öffnete eine schmale Holztür und machte eine einladende Handbewegung. Axel drängte sich an ihm vorbei und schlug die Toilettentür hinter sich zu.

Als er fertig war und erleichtert aufatmete, bemerkte Axel erst, wie seltsam der kleine Raum ge-

staltet war: Die Wände waren schwarz bemalt, Sterne und Monde aus grünlich weißer Leuchtfolie waren aufgeklebt, und hinter dem Spülkasten erhob sich ein gemalter Werwolf, der die Schnauze nach oben gestreckt hatte und so aussah, als würde er heulen.

Axel griff nach der Kette der Spülung, zog die Hand aber wieder erschrocken zurück. Als Griff hing dort ein kleiner Totenkopf.

„Der beißt dich schon nicht", sagte er streng zu sich selbst und zog an der Kette. Laut rauschend kam das Wasser. Im nächsten Moment erlosch die Lampe an der Decke.

„Was soll das?", protestierte Axel.

Von draußen kam ein Kichern. Es klang verschmitzt und verstohlen, als würde sich ein Kind über einen gelungenen Streich freuen.

Rund um Axel glühten Fratzen an den Wänden. Was er für aufgeklebte Sterne und Monde gehalten hatte, waren riesige Augen und Zähne. Die Gesichter mussten mit Farbe gemalt sein, die nur bei Dunkelheit oder ultraviolettem Licht leuchtete.

Axel griff nach der Türklinke und wollte raus aus der Toilette, aber die Tür ließ sich nicht öffnen.

„Was soll der Quatsch?", brauste er auf. „Machen Sie auf!"

Der Mann war ihm unheimlich. Sehr unheimlich sogar. Axel musste so schnell wie möglich weg von diesem Haus.

Vor der Tür kicherte der Typ immer noch. Axel trommelte mit den Fäusten gegen das Holz, erreichte damit aber gar nichts.

Er wandte seinen Blick zurück zum Spülkasten und hob den Kopf. Auf der linken Seite entdeckte er eine Luke, die ihm breit genug erschien, um durchzuklettern. Die Fensterscheibe war mit dunkler Folie beklebt, aber seitlich an den Rändern drangen dünne Lichtstrahlen herein.

An der Wand ertastete Axel eine Metallstange mit Kippgriff. Er drückte den Griff hastig nach oben, woraufhin wie erwartet die Luke aufging. Die Scheibe klappte halb herunter und ein kalter Windstoß fegte herein.

Axel stieg auf den Klodeckel, löste geschickt die Metallstreben, die verhinderten, dass das Fenster weiter aufging, und ließ die Scheibe nun vollständig nach unten klappen. Um den verrückten Mann in Sicherheit zu wiegen, flehte er wieder: „Rauslassen, bitte!", zog sich dann zur Luke hoch und steckte den Oberkörper ins Freie.

Er sah hinaus auf eine weite Wiese, die nicht mehr frisch und grün war wie im Sommer, sondern schon braun und welk. Ohne auf seine Hände Rücksicht zu nehmen, schob sich Axel immer weiter. Die scharfen Kanten des Fensterrahmens schnitten ihm in die Haut.

Rechts von sich sah Axel eine Regenrinne. Er packte sie und schaffte es, seine Beine nachzuziehen. Endlich war er draußen und zum Glück nicht allzu weit vom Boden entfernt. Erleichtert sprang er auf den Kiesweg, der vor dem Haus angelegt war.

„Junge, wehe du haust ab!", hörte er die Stimme des Mannes im Klo brüllen. Schon tauchte dessen Gesicht in der offenen Luke auf – für Axel das Zeichen wegzurennen, so schnell er konnte.

DIE ERINNERUNG KEHRT ZURÜCK

Das Haus, in dem Axel aufgewacht war, befand sich auf einem Hügel. In den Beeten standen verwelkte Blumen und Unkraut wucherte im Rasen.

Axel stolperte über einen graubraunen Stein und landete im nassen Gras. Er hatte das Hindernis nicht bemerkt, weil er ständig nach hinten sah, ob der Mann ihm folgte. Beim Aufstehen stützte er sich auf dem Stein ab, der von dicken Beulen überzogen war. Axel riskierte einen schnellen Blick auf die Beulen und stellte fest, dass es sich bei dem Stein um die Figur einer fetten Kröte handelte.

Obwohl er wusste, dass die Feuchtigkeit kein Krötenschleim, sondern nur Regen war, schüttelte Axel angewidert die Hand und wischte sie an seiner Jeans ab.

Endlich hatte er den niedrigen Zaun erreicht, der aus dunkel gestrichenen Latten bestand. Auf jede Lattenspitze war eine braune Knolle mit einem schwarzen Haarbüschel und glitzernden Augen gespießt.

„Schrumpfköpfe", murmelte Axel und schüttelte sich. Das Gartentor fasste er nicht an, sondern zog es mit dem Fuß auf.

Axel trug seine Sportschuhe. Er hatte sie auch angehabt, als er auf dem Bett gelegen hatte. Das musste er sich merken, später konnte es wichtig sein.

Hinter ihm wurde die Haustür aufgerissen.

„Ich kriege dich!", brüllte der Mann drohend und schwang einen Gehstock.

Axel rannte blindlings weiter auf einem matschigen Pfad den Hügel hinunter. Zu beiden Seiten erstreckte sich gelbgrünes Weideland, von dem Teile eingezäunt waren. Tiere konnte er nicht sehen.

Der Weg endete an einer Schotterstraße, die Axel zu einer asphaltierten Landstraße führte. Keuchend blieb er dort stehen und stützte die Hände auf den Knien ab. Axels Lunge brannte und er hatte Seitenstechen.

Die Straße zog sich in langen Kurven durch die Landschaft, vorbei an Laubwäldern, wo leuchtend gelbe und kupferrote Blätter an den Ästen hingen.

Zwischen den Stämmen sah Axel auch einen Bach, der nicht viel Wasser führte.

Wohin sollte er laufen? Und wo befand er sich überhaupt?

Wenn nicht bald eine Ortschaft kam, würde er im Dunkeln auf der Landstraße gehen müssen.

Hinter der nächsten Kurve stieß er auf eine Schafherde. Die Felle der Tiere bildeten auf dem Grün der Weide einen riesigen hellen Fleck, der sich langsam bewegte. Die Glocken, die einige Tiere umgebunden hatten, bimmelten.

Es war dieses Geräusch, das in Axels Kopf etwas auslöste. Wie im Theater ging ein Vorhang auf und mit einem Schlag konnte er sich wieder erinnern, wo er sich befand.

Die Knickerbocker-Bande war auf dem Land, in der Nähe einer kleinen Ortschaft namens Kringling. Die vier Freunde waren zu Besuch bei Poppis Großonkel Jonathan, der Schafhirte war. Er wohnte nicht in einem Haus, sondern in zwei alten Eisenbahnwaggons auf einem kleinen Grundstück, das er in einen Zaubergarten verwandelt hatte. Es gab ein kleines Gebirge wie im Land der Zwerge, das aus Steinen errichtet war und wo im Sommer Blumen und Kräuter aus den Alpen wuchsen. Über einen winzigen Teich führte eine Holzbrücke, nur ein paar Schritte entfernt lag ein Tümpel, in dem im Frühling die Kröten laichten, und die Hecke bestand aus lauter unterschiedlichen Sträuchern, die alle in verschiedenen Farben blühten.

Onkel Jonathan war ein schrulliger Mann. Sein Gesicht war vom Wetter gegerbt, die Haut wie Leder. Frisieren hielt er für unnötig, weil der Wind seine roten Haare an den meisten Tagen ohnehin wieder zerzauste.

Axel war sehr erleichtert, weil er jetzt wusste, wohin er musste. Er konnte es nicht erwarten, mit seinen Freunden zu sprechen und ihnen von dem Erlebnis zu erzählen. Oder besser gesagt, von der Gedächtnislücke, die in seinem Kopf klaffte.

Mit schnellen Schritten ging er auf der linken Fahrbahnseite. Hörte er ein Auto kommen, versteckte er sich im Straßengraben oder hinter einem Gebüsch. Er fürchtete immer, es könnte der Mann sein, dem er gerade entkommen war.

Die Sonne war bereits hinter einem Hügel verschwunden und der Himmel färbte sich dunkelrot. Anders als im Sommer ging das Abendrot schnell in das dunkle Blau der Nacht über.

An seinem Gürtel hing eine kleine Taschenlampe, die Axel löste und zwischen den Fingern drehte. Sie gab ihm ein Gefühl von Sicherheit.

Die Straße verlief ein langes Stück schnurgerade. In großer Entfernung sah Axel zwei Lichtpunkte, die sich auf ihn zu bewegten. Sie waren nicht nebeneinander, sondern hintereinander, und einer der beiden wurde immer wieder abgedeckt.

Täuschte er sich oder hörte er seinen Namen? Axel blieb stehen und hielt die Luft an. Der leichte Wind, der aufgekommen war, wehte Stimmen zu ihm herüber.

„Axel?", rief jemand.

Das war Lilo, die ihn offensichtlich suchte. Sicher würde sie ihm sagen können, was in den letzten Stunden geschehen war.

„Ich bin hier!", schrie er und winkte mit beiden Armen. Wegen des Gegenwinds hörte ihn Lilo nicht. Axel formte die Hände zu einem Trichter und schrie lauter, und als das immer noch nichts half, gab er mit der Taschenlampe Blinkzeichen.

Die Fahrräder bewegten sich schnell auf ihn zu. Lilo sprang ab, als sie ihn erreicht hatte. Hinter ihr sah Axel Dominik.

„Wo ist dein Fahrrad?", war Lilos erste Frage.

„Lilo!" Axel umarmte die Juniordetektivin, als hätte sie ihn nach zehn Jahren von einer einsamen Insel gerettet. Verwundert versuchte sie, ihn abzuschütteln. „Hey, lass das!"

Auf einmal standen Tränen in Axels Augen, obwohl er sonst nie weinte. Er verstand sich selbst nicht mehr.

„Dein Benehmen strengt unsere Nerven an", verkündete Dominik, der für seine ziemlich komplizierte Sprechweise bekannt war.

Ausnahmsweise ließ Axel das unkommentiert.

„Was ist los mit dir?", wollte Lilo wissen, die den seltsamen Ausdruck in Axels Gesicht sah.

„Ich ... wo war ich?", stotterte dieser.

„Das hätten wir eigentlich gern von dir gewusst!", entgegnete Dominik und verschränkte die Arme vor der Brust.

„Ich bin aufgewacht ... in einem Haus ... mit Halloween-Kürbissen ... und einem unheimlichen Mann ..." Axel brach ab, da sein Gestammel auch in seinen Ohren ganz schön verrückt klang.

Zweifelnd sah ihn Lilo an. Dominik verzog das Gesicht, als hätte Axel Schaum vor dem Mund und würde gleich zubeißen.

„Dein Fahrrad ist also nicht irgendwo in der Nähe? Du hast keine Panne gehabt?", forschte Lilo weiter.

Axel konnte sich nicht einmal daran erinnern, auf dem Fahrrad unterwegs gewesen zu sein.

Lilo begann, sich Sorgen zu machen. Axel spielte

ihnen nichts vor. Es musste etwas geschehen sein, was ihn völlig aus der Bahn geworfen hatte.

„Komm, ich nehme dich auf dem Gepäckträger mit", sagte sie zu ihm.

„Ist auf der Straße nicht erlaubt", machte Dominik sie aufmerksam.

„Weiß ich", brummte Lilo, „aber es handelt sich um einen Notfall."

Axel zitterte am ganzen Körper.

„Dominik, fahr in die Richtung, in der Poppi und Onkel Jonathan nach Axel suchen", trug Lilo dem Jungen auf. „Wir treffen uns im *Chattanooga*."

AXEL, DER DIEB

Chattanooga wurde „Tschat-ta-nu-ga" ausgesprochen und war der Spitzname für die Eisenbahnwaggons, die Onkel Jonathan bewohnte. Einer davon war früher einmal ein sogenannter Salonwagen eines Luxusreisezuges gewesen und mit einem Wohnzimmer, Bad, größeren und kleineren Schlafzimmern ausgestattet. Daran angehängt war ein zweiter Eisenbahnwaggon, der aber nicht so alt und schon gar nicht so nobel war. Onkel Jonathan hatte dort eine Toilette, ein weiteres Bad und eine kleine Küche eingebaut. Die Abteile, die übrig geblieben waren, nutzte er als Lagerräume für seine Maschinen, mit denen er den Schafen das Fell schor, und für Gartengeräte. In eines hatte er sogar ein kleines Treibhaus eingebaut, in dem er unter anderem fleischfressende Pflanzen und verschiedene Arten von Orchideen zog.

Es war stockdunkel, als Lilo und Axel das Grundstück von Onkel Jonathan erreichten. Automatisch gingen im Garten versteckte Lampen an, die kleine Büsche, Felsen und Baumstämme beleuchteten.

Axel war völlig durchgefroren, als sie den Waggon betraten. Er zitterte immer noch am ganzen Körper und verlangte zähneklappernd nach einer Decke. Im Salon ließ er sich gleich auf das graurosa Plüschsofa sinken und presste die Arme an die Brust.

Lilo lief in den Schlafraum der Bande und kehrte mit einer dicken Wolldecke zurück. Wie einen Umhang schlang Axel sie sich um die Schultern, doch das Zittern hörte nicht auf.

Dominik, Poppi und Onkel Jonathan kamen kurze Zeit später zurück.

„Ist das echt oder tust du nur so?", fragte der Onkel misstrauisch, als er den bibbernden Axel zusammengesunken auf dem Sofa kauern sah.

„Ma-mache ich natürlich nur zzzzum Ssspaß!", knurrte Axel ihn an.

Onkel Jonathan legte Axel prüfend die Hand auf die Stirn. „Zunge raus!", verlangte er danach mit seiner ruhigen Brummstimme. Er redete nicht viel

und selten in ganzen Sätzen. Poppi hatte ihn einmal mit einem Teddybären verglichen, den man kippen musste, damit er brummte.

Axel streckte gehorsam die Zunge heraus und Onkel Jonathan nickte. Seine Miene verriet nicht, was er dachte.

„Heißes Bad", entschied er schließlich. „Dauert aber. Bis das Wasser eingelassen ist, vier Tassen Tee."

„Ich mag keinen Tee", protestierte Axel, aber Onkel Jonathan kümmerte sich nicht darum. Er lächelte ihm auf eine Art zu, die sagte: Vertrau mir, ich weiß, was jetzt gut für dich ist.

Poppi sah Axel abwartend an. Dominik hatte den Kopf zur Seite gelegt und war ebenfalls nicht sonderlich besorgt. Lilo lehnte an der Schiebetür des Salons und fuhr mit den Fingern über den Samtvorhang.

Verwundert sah Axel von einem zum anderen. „Was gibt's da zu glotzen?"

„Was hast du dir dabei gedacht?", fragte Dominik im Verhörton.

„Gedacht? Wieso gedacht?"

Dominik sah ihn verächtlich an. „Denken ist nicht deine Stärke, ich weiß!"

„Dafür sind platte Nasen meine Stärke", fauchte Axel und sprang wütend auf. Drohend hielt er Dominik die rechte Faust entgegen. „Willst du eine haben?"

„Gewalt bringt gar nichts", belehrte ihn dieser.

„Es ist nicht zum Aushalten", stöhnte Axel und sank zurück auf das Sofa.

„Du weißt also wirklich nicht, was du heute getan hast, Axel?", fragte Lilo, die das einfach nicht glauben konnte.

Axel verbarg das Gesicht in den Händen. Das Gefühl, sich an etwas nicht erinnern zu können, war fürchterlich. Es machte ihm Angst. Vielleicht war das erst der Anfang. Möglicherweise verschwanden noch andere Teile seines Gedächtnisses. Nach und nach alles, was er gelernt und erlebt hatte.

Poppi und Lilo spürten die Panik ihres Freundes. Den beiden war jetzt klar, dass Axel ihnen nichts vorspielte. Sie setzten sich links und rechts von ihm auf das Sofa und klopften ihm beruhigend auf die Schulter.

„Wenn ich das nächste Mal eine Rolle nicht annehmen kann, werde ich dich dafür empfehlen", murmelte Dominik sauer und verließ den Salon.

„Was ist denn mit dem los?", fragte Axel kopfschüttelnd.

„Du hast ihn am Vormittag gejagt, als wir auf der Schafweide waren", begann Lilo zu erzählen. „Es sollte wohl nur ein Scherz sein, aber Dominik ist ausgerutscht und in Schafsdreck gefallen. Seine neue Hose und die Jacke, auf die er so stolz ist, sind total verdreckt. Du hast nur gelacht und das hat ihn natürlich wütend gemacht."

„Ja, genau! Klar, daran kann ich mich erinnern", sagte Axel leise. „Das war erst heute Vormittag? Mir kommt es vor, als wäre das vor einem Jahr gewesen.

Dominik und ich, wir haben dann miteinander ge-
rauft, weil er richtig böse auf mich war."

Poppi nickte. „Stimmt! Und dabei ist dann auch
noch seine Jacke zerrissen."

Axel kroch eine Gänsehaut über Arme und Rücken.

„Ich habe dir dann geraten, ihm diese Schokoladenblättchen mit Pfefferminzgeschmack zu kaufen,
nach denen er ganz verrückt ist", half Lilo dem De-
tektiv-Kollegen auf die Sprünge.

Axel nickte, weil er sich daran erinnern konnte.
„Ich bin daraufhin mit dem Fahrrad in den Ort gefahren, nach Kringling, obwohl diese komischen
Pfefferminzdinger sonst nur alte Damen mit rosa-
farbenen Dauerwellen essen."

Lilo und Poppi lachten.

Die Augen halb zusammengekniffen starrte Axel
vor sich hin. Ihm war anzusehen, wie angestrengt
er nachdachte. Langsam setzte er fort. „Ich bin in
einen Laden gegangen. Eine sehr große, dürre Frau
hat mich bedient. Sie hatte ein langes Gesicht und es
schien so, als rümpfte sie ständig die Nase. Und
dann …"

Gespannt sahen ihn Lilo und Poppi an.

Nach einer langen Pause, in der man fast hören
konnte, wie hinter Axels Stirn die Gedanken ratter-

ten, ließ er die Schultern sinken und schüttelte verzagt den Kopf. „Dann weiß ich nichts mehr. Bis ich in diesem Gruselkabinett aufgewacht bin."

„Gruselkabinett?" Poppi sah ihn erschrocken an.

Lilo gab ihr ein Zeichen, still zu sein, und fragte: „Du hast wirklich keine Ahnung, was du in diesem Laden getan hast?"

„Nein!", brauste Axel auf. „Sag's mir bitte und behandle mich nicht wie einen Schwachkopf!"

„Du hast drei Packungen Schokoladenblättchen genommen", erzählte ihm Lilo. „Frau Bogner, so heißt die Ladenbesitzerin, behauptet, du seist auf einmal losgerannt."

„Ohne zu bezahlen!", fügte Poppi hinzu.

„Sie wollte dich schnappen, aber du warst zu schnell. Du bist die Hauptstraße hinuntergerast und in einer kleinen Gasse verschwunden."

„Bogner … klar, Frau Bogner. Wir haben sie Sauertöpfchen genannt. Wir waren schon öfter bei ihr, um etwas zu kaufen", fiel Axel ein.

„Warum klaust du dann?", fragte Poppi vorwurfsvoll. „Sie weiß, wer du bist, und ist sofort zu Onkel Jonathan geeilt, um sich zu beschweren."

Axel sah sie fassungslos an. Zum zweiten Mal an diesem Tag beschuldigte ihn jemand, ein Dieb zu sein. Dabei würde Axel niemals etwas stehlen.

Allein schon deshalb, weil er viel zu große Angst davor hätte, erwischt zu werden.

Lilo musterte ihren Knickerbocker-Freund mit immer größer werdender Sorge. „Als du den ganzen Nachmittag nicht aufgetaucht bist, sind wir los, um dich zu suchen. Den Rest kennst du."

Onkel Jonathan kehrte mit einer Tasse und einer Teekanne zurück. Er stellte beides auf ein niedriges Tischchen und schenkte das dampfende Getränk ein. Nachdem er das Tischchen vor Axels Beine geschoben hatte, ließ er sich ihm gegenüber in einem abgewetzten Sessel nieder und sah ihn mit seinen klaren blauen Augen fragend an.

Verlegen blickte Axel zu Boden. Im Salon des Eisenbahnwaggons, wo früher noble Herrschaften Karten gespielt hatten, herrschte eine Zeit lang abwartendes Schweigen. Als Axel es nicht mehr aushielt, schlug er die Hände über dem Kopf zusammen und stöhnte verzweifelt: „Mit mir stimmt was nicht. Bitte, glaubt mir!" Er blickte auf und hatte wieder Tränen in den Augen. Ganz leise fügte er hinzu: „Ich habe solche Angst."

DUNKLE GEDANKEN

Onkel Jonathan bestand darauf, dass Axel die ganze Kanne Tee austrank. Danach war das Bad bereit, in das er duftende Öle gegossen hatte. Das Wasser war angenehm und das kleine Badezimmer roch nach Zitronen und Rosmarin.

Bis zum Hals lag Axel in der ovalen Blechwanne und grübelte vor sich hin. Als die schmale Tür aufging, fuhr er erschrocken in die Höhe.

Dominik steckte den Kopf herein.

„Lilo hat mir alles erzählt", sagte er, ohne Axel dabei anzusehen. „Das war keine tolle Aktion von dir auf der Schafweide. Finde es aber nett, dass du mir was kaufen wolltest. Und die Jacke …"

„Meine Mam ist doch Meisterin im Fleckenputzen und Flicken!", sagte Axel schnell. „Und wenn das nicht geht … also … dann kriegst du eine neue Jacke von mir."

Dominiks Freude über das Angebot war ihm anzusehen. „Ehrlich?"

„Jaja." Axel ließ sich wieder zurücksinken. Er hatte sich von seiner Mutter schon das Taschengeld für die nächsten zwei Monate vorschießen lassen. Wenn er Dominik die Jacke ersetzte, war er die nächsten beiden Jahre pleite.

Später kam auch noch eine Ärztin, um sich Axel anzusehen. Poppi fand, dass sie mehr wie eine Tierärztin aussah, weil sie Gummistiefel, Jeans und eine dicke Strickjacke trug.

„Manche Höfe sind nur zu Fuß zu erreichen", erklärte die Ärztin, als sie Poppis Blicke bemerkte. „Dafür bin ich immer ausgerüstet."

Sie untersuchte Axel gründlich, klopfte seinen Rücken ab, lauschte auf die Herztöne und sah ihm in den Hals. Sie untersuchte auch seinen Kopf sehr gründlich, konnte aber keine Beule oder andere Verletzungen feststellen.

„Du bist auf keinen Fall gestürzt. Eine Gehirnerschütterung ist auch auszuschließen", murmelte sie vor sich hin. Mit einer kleinen Taschenlampe leuchtete sie Axel in die Augen. Noch immer blendete ihn das Licht stärker als sonst.

Eine Sorgenfalte tauchte auf der Stirn der Ärztin auf. Zu Axels Entsetzen packte sie eine Spritze aus. Er hätte es nie zugegeben, aber davor hatte er ganz schön Angst.

„Na, na, na, ein großer Junge wie du wird sich doch nicht vor einer dünnen Nadel fürchten", zog sie ihn auf.

Axel presste die Lippen zusammen. Die Ärztin kümmerte sich nicht um seine Panik und nahm ihm ein wenig Blut ab. Als sie den kleinen Schlafraum der Bande verließ, schreckten Lilo, Poppi und Dominik, die draußen an der Tür gelauscht hatten, zurück.

„Falls euer blasser Freund erzählt, ich hätte ihm Blut abgenommen, stimmt das. Trotzdem bin ich kein Vampir." Sie ging durch den schmalen Korridor weiter in den Salon und redete dort mit gesenkter Stimme eine Zeit lang mit Onkel Jonathan.

„Glaub ich nicht", hörten die Knickerbocker ihn brummen.

Axel war tatsächlich sehr weiß im Gesicht. Genaueres erzählte er aber nicht. Onkel Jonathan kam und scheuchte die anderen drei aus dem Schlafabteil und schloss hinter sich die Tür. Links und rechts gab es an jeder Wand zwei Liegen: eine unten und eine oben. Axel schlief normalerweise oben, zur

Untersuchung hatte er sich aber auf eine der unteren Liegen gelegt. Der Onkel setzte sich zu ihm und wieder musterte er ihn mit durchdringendem Blick.

„Wa-was ist denn?" Axel wurde von schlechtem Gewissen gepackt, obwohl er sich keiner Schuld bewusst war.

„Du weißt, Drogen sind gefährlich", sagte Onkel Jonathan.

„Na-natürlich!

„Sei ehrlich. Hast du es schon einmal … versucht? Musst du es jetzt immer wieder nehmen, weil du es brauchst?"

„Nein!", schrie Axel und richtete sich auf. „Nein, wer sagt so etwas? Das ist eine Lüge. Alles gelogen."

„Nur die Ruhe!" Der Onkel drückte ihn auf das Kissen zurück. „Ich musste dich das fragen und ich glaube dir."

„Hat diese Frau Doktor etwa so was behauptet?", wollte Axel wissen.

„Sie ist nicht sicher. Wird dein Blut untersuchen."

Axel atmete tief ein. Er fühlte sich elend und fürchtete sich. Irgendetwas war an diesem Tag geschehen, von dem er im Augenblick keine Ahnung hatte. Er spürte nur, dass es etwas Schlimmes gewesen sein musste.

Aber was?

Kurze Zeit später wurde Axel von Müdigkeit übermannt. Er konnte die Augen nicht länger offen halten und sank in einen tiefen Schlaf. Als er wieder aufwachte, war das Licht draußen vor dem Fenster noch grau. Es dämmerte bereits, doch Axel hatte das Gefühl, nur ein paar Minuten eingenickt gewesen zu sein.

Hatte er geträumt? Erinnern konnte er sich daran nicht. Verzweifelt kramte er in seinem Gedächtnis nach Bildern und Gefühlen des Vortages. Was war geschehen, nachdem er den Laden dieser lebenden Vogelscheuche so hastig verlassen hatte?

Wieso war er gerannt? Warum hatte er nicht bezahlt? War er wirklich ein Dieb? War er tatsächlich in das Haus dieses komischen Mannes eingebrochen? Wer war der Typ eigentlich?

Neben sich und über sich hörte er tiefe, ruhige Atemzüge. Lilo, Poppi und Dominik schliefen also noch. Dominik schnaufte dabei und warf sich herum. Die Liege über Axel wackelte und ächzte, als würde sie im nächsten Moment herunterbrechen.

Weil er nicht wieder einschlafen konnte, schlüpfte Axel aus seinem Bett. Es war ziemlich kalt im Abteil. Der Fußboden kam ihm vor wie eine Eisfläche. Seine frischen Klamotten befanden sich in einem Schrank auf dem Korridor. Um nicht zu frieren,

suchte Axel hastig Socken, Jeans und Pulli zusammen, die auf dem Boden verstreut lagen und die er schon gestern getragen hatte. Er schlüpfte hinein, zog die Schiebetür nur einen Spaltbreit auf, schob sich durch und schloss sie hinter sich.

Im Salon traf er Onkel Jonathan, der bereits gewaschen und angezogen war und seine Hände um eine riesengroße Teetasse gelegt hatte. Zu seinen Füßen lag Bodo, ein zottiger Hirtenhund. Sein Fell war zum Teil hell, zum Teil grau, nur seine beiden Schlappohren waren schwarz. Als Axel eintrat, hob Bodo den Kopf und blinzelte ihn durch die langen Stirnfransen hindurch an. Die feuchte Knopfnase schnupperte interessiert und der Schwanz klopfte freudig auf den Boden.

„Morgen, Junge", begrüßte ihn Onkel Jonathan.

„Morgen", sagte Axel gähnend und streckte sich einmal kräftig.

Onkel Jonathan beugte sich zur Seite, griff nach einem Teebecher und füllte ihn. „Da, das wärmt."

„Gestern … ich bin … aufgewacht … in einem Haus", begann Axel langsam zu erzählen. Er berichtete von dem Mann mit dem Hut und dem Umhang und von der Kürbislaterne. Wissend nickte Onkel Jonathan. „Dr. Horribilus. So nennen ihn hier alle."

„Es sieht bei ihm wirklich horrormäßig aus", sagte Axel. „Heißt er deshalb Dr. Horribilus?"

„Ich glaube schon", erklärte der Onkel. „Sammelt grässliche Steinfiguren im Garten. Im Haus soll es aussehen wie in einer Geisterbahn."

„Seltsam, wer will schon in einer Geisterbahn wohnen?", wollte Axel wissen.

„Dr. Horribilus!", antwortete Onkel Jonathan. „Warum? Keine Ahnung. Mich erinnert er immer an ein Fangeisen. Kaltes Metall mit scharfen Zähnen. Liegt harmlos herum. Trittst du aus Versehen drauf – schnapp – klappt es zu. Große Schmerzen."

Verwundert schüttelte Axel den Kopf. „Onkel Jonathan, wie … wie kommst du darauf?"

Der Schäfer zuckte mit den Schultern. „Weiß nicht. Nur so ein Gefühl. Ist mir mal eingefallen, als ich die Schafe geschoren habe."

Axel starrte vor sich hin und malte mit den Zehen unsichtbare Kreise auf den Boden. „Ich möchte nur gerne wissen, wieso ich in seinem Haus aufgewacht bin", meinte er schließlich.

Onkel Jonathan betrachtete den Jungen voller Sorge. Egal, was eines seiner Schafe hatte, er konnte ihm helfen. Bei Kindern war das etwas anderes.

„Sollte deine Mutter verständigen", sagte er.

Axel sah ihn entsetzt an. „Bloß nicht, sie kommt mich dann bestimmt sofort abholen und schleppt mich von einem Arzt zum anderen. Bitte nicht!"

„Werde aber nachher zur Polizei gehen", beschloss der Onkel.

Es dauerte noch eine Weile, bis auch Lilo, Poppi

und Dominik in den Salon geschlurft kamen. Alle drei Knickerbocker waren müde und verschlafen und blickten ein wenig missmutig in den grauen Nebel hinaus.

„Das ist typisch", sagte Poppi. „Sitzen wir in der Schule, scheint die Sonne. Haben wir Herbstferien, wird es kalt und nebelig."

Von der Tür des Waggons kam heftiges, ungeduldiges Klopfen. „Machen Sie sofort auf!", verlangte eine tiefe, raue Stimme.

Wie elektrisiert fuhr Axel in die Höhe. Sein Herz begann wieder zu rasen und am liebsten hätte er sich verkrochen.

„Das ist er … das ist dieser Dr. Horribilus!" Axel klang auf einmal ganz heiser.

Onkel Jonathan schob ihn ein Stück zurück und sagte beschwichtigend: „Ruhe bewahren und still sein, ich mach das schon."

Er verließ den gemütlichen Salon und schloss die Schiebetür hinter sich. Von dort waren es nur zwei Schritte bis zur Eingangstür. Axel konnte hören, wie der Onkel den Riegel hob und öffnete.

„Guten Morgen", grüßte er Dr. Horribilus mit freundlichem Brummen.

„Gut wird dieser Morgen für Sie bestimmt nicht", erwiderte der frühe Besucher. „Ich habe erfahren, dass der Junge, der gestern bei mir eingebrochen ist, bei Ihnen wohnt." Der Mann erwartete eine Reaktion von Onkel Jonathan, die aber nicht kam.

Axel schlich gebückt zur Schiebetür und hob vorsichtig den Kopf, bis er durch die ovale Glasluke spähen konnte. Auch bei Tageslicht war die Haut von Dr. Horribilus fahl und durchscheinend wie Wachs. Der seltsame graue Ziegenbart am Kinn wippte angriffslustig.

Den Hut hatte er gegen ein Käppi eingetauscht, unter dem sein Haar hervorquoll.

Onkel Jonathans Ruhe brachte Dr. Horribilus aus der Fassung.

„Ich bin nur gekommen, weil … weil ich dem Jungen eine Chance geben wollte", polterte er los. „Wenn Sie das nicht zu schätzen wissen, werde ich gleich zur Polizei gehen und ihn anzeigen."

„Aus welchem Grund?", fragte der Onkel, ohne sich von der Aufregung des Mannes anstecken zu lassen.

„Hören Sie, der Bursche ist bei mir eingebrochen, hat das Toilettenfenster kaputt gemacht, und außerdem fehlen vier Marmorkürbisse aus meiner Sammlung."

Axel drehte sich zu den anderen, die mit angehaltenem Atem lauschten. Mit einem Kopfschütteln versuchte er, seinen Freunden zu verdeutlichen, dass er ganz bestimmt nichts gestohlen hatte.

Onkel Jonathan blieb weiter unbeeindruckt.

„Ich bin hier, um Ihnen ein Angebot zu machen!", erklärte Dr. Horribilus und ihm war anzumerken, wie großzügig er sich dabei vorkam.

„Was für ein Angebot?"

„Ich muss noch meine ganz besonderen Kürbislaternen aufstellen. Der Junge soll übermorgen Vormittag zu mir kommen und helfen. Er wird die Laternen abstauben und putzen."

„Werde ihn fragen, ob er das möchte."

Dr. Horribilus schrie: „Was gibt es da zu fragen? Tut er es nicht, zeige ich ihn an. Ich sorge dafür, dass sein Schuldirektor davon erfährt. Er kann sich auf jede Menge Ärger gefasst machen. Ich habe ihn nämlich fotografiert."

Axel fürchtete, Onkel Jonathan könnte durch die Tür kommen, und bewegte sich deshalb zum Sofa zurück.

„Das ist gelogen. Er kann mich nicht fotografiert haben. Es war zu dunkel im Zimmer und ich habe keinen Blitz gesehen", flüsterte er seinen Knickerbocker-Freunden zu, die das Gespräch mit Spannung belauscht hatten.

„Sag Ja", riet Lilo dem Juniordetektiv. Als er zögerte, versetzte sie ihm einen aufmunternden Stoß und nickte bekräftigend.

„Soll ich wirklich?"

„Klar, das kann nämlich wichtig sein. Für unsere Ermittlungen."

SECHS FEHLENDE STUNDEN

Der Onkel hatte den Kopf in den Salon gesteckt und Axel fragend angesehen. Als dieser nickte, ging Jonathan zurück, um Dr. Horribilus zu bestätigen, dass Axel kommen würde.

Als der Mann gegangen war, pfiff Onkel Jonathan nach Bodo, der zu ihm rannte, und ging mit ihm los, um nach den Schafen zu sehen.

Poppi stand am Fenster und blickte den beiden nach. Kaum waren sie durch das Gartentor getreten, hatte der Nebel sie bereits verschluckt.

Lilo winkte die anderen zu sich. Poppi setzte sich zu ihr auf das Sofa, die Jungen nahmen auf zwei weichen Lehnstühlen Platz. Sie saßen sehr aufrecht auf der Kante, als müssten sie jede Sekunde aufspringen.

„Wir werden herausfinden, was gestern geschehen ist, nachdem Axel die Schokoladenblättchen geklaut hat", sagte Lilo.

Axel sprang empört auf und schrie: „Ich habe nichts geklaut. Glaubt mir doch endlich!"

„Ganz ruhig", sagte Lilo beschwichtigend. „Lass mich ausreden! Ich habe gemeint: Was geschehen ist, nachdem Frau Bogner gedacht hat, du hättest in ihrem Laden etwas geklaut."

Beruhigt setzte sich Axel wieder hin. „Ich war kurz vor elf Uhr in ihrem Laden. Und um fünf bin ich im Gruselkabinett von diesem Dr. Horribilus aufgewacht."

„Sechs Stunden", sagte Dominik nachdenklich. „In dieser Zeit kann eine Menge geschehen sein."

„Ich habe einmal einen Krimi gelesen, in dem hat ein Mann sein Gedächtnis verloren", erzählte Lilo. „Um es wiederzufinden, hat er den Ort aufgesucht, an den er sich als letzten erinnern konnte."

„In den Laden? Ich soll zur Vogelscheuche in den Laden? Die hält mich doch für einen Dieb!" Axel war von Lilos Vorschlag wenig angetan.

„Nicht mehr. Onkel Jonathan hat für dich bezahlt und ihr erzählt, du seist ein schrecklicher Schussel, der einfach vergessen hätte zu zahlen."

Poppi nickte. „Und Dominik hat geschwindelt,

du hättest sogar einmal das Essen vergessen. Hättest dich an den Tisch gesetzt und seist wieder aufgestanden und gegangen, bevor es die Suppe gegeben hätte."

„Aha, sie hält mich also für einen Volltrottel", stellte Axel trocken fest.

Dominik grinste und sagte, ohne sich zu Axel zu drehen: „Du weißt, dass niemand vollkommen ist."

„Hahaha", machte Axel.

„Ich gehe später zu Dr. Ross", sagte Lilo.

„Wer ist das?", wollte Axel wissen.

„Die Ärztin, die dich gestern untersucht hat. Ich muss sie was fragen."

„Sie denkt doch, ich hätte …", Axel zögerte, bevor er es aussprach, „Drogen genommen."

„Wir wissen, dass das nicht stimmt", beruhigte ihn Lilo.

„Vielleicht hat dir jemand etwas verabreicht. Irgendein Mittel, das deine Erinnerung ausgelöscht hat", platzte Poppi heraus.

Axel konnte das nicht glauben. „Ich weiß nur nicht, was gestern zwischen elf und fünf Uhr geschehen ist."

„Ich glaube nicht, dass ein Medikament eine so genaue Wirkung erzielen kann", sagte Dominik.

Lilo, die manchmal als Superhirn der Knickerbocker-Bande bezeichnet wurde, ging im Kopf noch einmal ihren Plan durch. „Über diesen Dr. Horribilus finden wir spätestens übermorgen mehr heraus", schloss sie. „Es gibt keine bessere Gelegenheit, bei ihm ein wenig herumzuschnüffeln, als wenn du deine Strafarbeit ableistest, Axel."

„Verzichte gern darauf", brummte ihr Kumpel. Er bekam immer noch eine Gänsehaut, wenn er an das Haus dachte.

Die Bande aß zum Frühstück alle Brötchen, ein ganzes Glas Marmelade und einen Becher Kräuteraufstrich. Gestärkt schlüpften die Knickerbocker dann in ihre Jacken, um sich auf den Weg in den Ort zu machen.

„Meine Jacke?" Axel suchte in allen Räumen nach ihr, konnte sie aber nicht finden.

„Du hast sie gestern nicht angehabt, als wir dich gefunden haben", erinnerte sich Lilo. Im Kopf machte sie eine Notiz: Nicht nur Axels Fahrrad war verschwunden, sondern auch seine Jacke. Wenn sie entweder das eine oder das andere fanden, waren sie bestimmt auf einer heißen Spur.

Es blieb Axel nichts anderes übrig, als sich eine von Onkel Jonathans Jacken zu borgen. Sie war aus Wolle und kratzte selbst durch Hemd und Pulli. Axel fand sie schrecklich und sehnte sich nach seiner Baseballjacke, die ihm sein Vater aus Amerika mitgebracht hatte.

Da Axel kein Fahrrad mehr hatte, beschlossen Dominik und Poppi, mit ihm zu Fuß in den Ort zu gehen. Lilo, die nicht wusste, wie weit die Arztpraxis von Dr. Ross entfernt war, nahm vorsichtshalber ihr Rad mit.

Auf der Landstraße nach Kringling kam ihr der gelbe Kleinwagen des Postboten entgegen. Sie bedeutete ihm anzuhalten, stellte das Rad ab und lief auf die Fahrerseite.

Der Postbote war ein junger Mann, der ständig Kaugummi kaute und im Auto mit voller Lautstärke Musik dröhnen hatte. Als Lilo ihm etwas sagte, brüllte er: „Verstehe kein Wort!"

Genervt verdrehte Lilo die Augen. „Mach die Musik leiser!", schrie sie ihm zu.

„Ah, coole Idee!" Der Postbote schaltete die Musik aus und zwinkerte Lilo zu. „Schlaues Mädchen, muss ich schon sagen."

„Danke, ich weiß!", sagte Lilo, um dann endlich ihre Frage zu stellen. „Wo finde ich die Praxis von Dr. Ross?"

„Du meinst die Ärztin für Vieh und Mensch", scherzte der Postbote, der Lilo mehr und mehr auf die Nerven ging. „Direkt an der Ortstafel führt eine schmale Straße nach rechts. Der folgst du ganz einfach, dann stehst du vor dem Haus der Frau Doktor. Aber ich warne dich: Die behandelt Menschen und Schweine gleich." Er lachte schallend und Lilo schnitt ihm eine Grimasse.

„Verstehst wohl keinen Spaß, Zuckerfee!", rief ihr der Postbote nach, als sie zum Fahrrad zurückging.

„Witz, komm heraus, du bist umzingelt!", antwortete ihm Lilo.

Der Bursche ließ sich davon nicht den Tag verderben, schaltete wieder auf volle Lautstärke und hupte wild, als er anfuhr. Als wäre sie eine alte Freundin, winkte er Lilo und warf ihr Kusshände zu.

„Verrückter Typ", murmelte Lilo und schwang sich in den Sattel.

Die Wegbeschreibung stimmte und Lilo erreichte das Haus der Ärztin schon wenige Minuten später. Es war ein roter Backsteinbau mit schwarzem Dach und weißen Fensterläden. An der grün lackierten Eingangstür hing ein abgegriffenes Pappschild, auf dem in großen Buchstaben stand: *PRAXISEINGANG NEBENAN*. Ein weißer Pfeil zeigte die Richtung an.

Lilo entdeckte den Praxiseingang an der Seite des Hauses und stellte überrascht fest, dass die Tür offen stand. Von drinnen kam kein Geräusch. Sie trat

ein, schritt durch eine düstere Diele mit vielen Klei-
derhaken an der Wand und erreichte eine niedrige
helle Tür, die ebenfalls nur angelehnt war.

Sie gelangte ins Wartezimmer, das leer war. Von
dort aus führte eine breite Tür weiter. Lilo vermutete dahinter den Behandlungsraum. Da seltsamer-
weise auch diese Tür offen war, klopfte sie zuerst
dagegen und steckte dann den Kopf durch den
Spalt.

Ihr stockte der Atem.

WICHTIGE INFORMATIONEN

Poppi schlug den Jungen eine Abkürzung nach Kringling vor. Sie führte quer über die Weiden, die vom Nebel völlig nass und durchweicht waren.

„Meine schönen Schuhe werden jetzt bestimmt auch noch schmutzig", jammerte Dominik und stakste wie ein Storch.

„Am besten du verpackst dich das nächste Mal in Plastik", riet ihm Axel.

„Es kann nicht jeder so vergammelt herumlaufen wie du", gab Dominik zurück.

Axel äffte ihn hinter seinem Rücken nach, hob übertrieben die Beine in die Höhe und rümpfte die Nase, als würde die Wiese nur noch aus Schafsmist bestehen. Poppi musste lachen. Als sich Dominik umdrehte, erstarrte Axel in der Bewegung, ein Bein in der Luft, die Hände mit den abgespreizten kleinen Fingern über dem Kopf und das Gesicht zu einer urkomischen Grimasse verzogen.

„Sehr witzig", bemerkte Dominik trocken.

Bodos Bellen schallte über die weite Weidefläche und lenkte die Jungen ab.

Der zottige Hund lief um die Schafe und trieb sie zusammen. Onkel Jonathan stand neben der Herde und behielt die Tiere im Auge.

„Ich habe bisher nur wenige Leute gesehen, die so gut mit Tieren umgehen können", sagte Poppi bewundernd. „Habt ihr gewusst, dass er nie ein Schaf schlachtet? Er schert die Wolle und macht aus der Milch besonders feinen Käse."

„Igitt!" Axel schüttelte sich. Schon der Geruch von Schafskäse stieß ihn ab.

Mit einem geschickten Griff fing Onkel Jonathan ein verletztes Tier. Zuerst versuchte es, sich wieder loszureißen und zu flüchten, aber Jonathan gelang es, das Schaf zu besänftigen, und schließlich stand es still und ließ ihn das verwundete Bein untersuchen.

„Können wir weitergehen?", fragte Dominik nach einem besorgten Blick zum Himmel. Schwere bleigraue Wolken hingen dort und es sah ganz nach Regen aus.

„Natürlich, Herr Weichei", spottete Axel. „Wir

wissen ja alle, dass Sie im Regen sofort zerfließen würden."

Diesmal war es Dominik, der Axel nachäffte und einen Cowboy darstellte, der breitbeinig über die Weide stapfte. Als Dominik dabei in Schafsköttel trat, verging ihm der Spaß schnell.

Die lachende Dritte war Poppi.

Endlich hatten sie die flachen Häuser von Kringling erreicht. Keines der Gebäude hatte mehr als ein Stockwerk und die meisten waren über hundert Jahre alt. Es gab keinen Hauptplatz, dafür aber eine lange Hauptstraße, in der sich Laden an Laden reihte. Hinter großen Glasscheiben waren die Waren verlockend ausgestellt.

Das Grau des Tages schien auf die Stimmung der meisten Leute abgefärbt zu haben. Die Köpfe eingezogen, die Reißverschlüsse der Jacken bis oben zugezogen, eilten vor allem Frauen in die Geschäfte und tätigten ihre Einkäufe. Es war zu kalt und ungemütlich, um stehen zu bleiben und zu plaudern.

Auch in dem Süßwarenladen von Frau Bogner herrschte großes Gedränge.

„Wenn die Kinder dann kommen und klingeln, muss ich ihnen doch etwas geben", hörte Poppi eine ältere Dame zu einer Frau sagen, die die ganze Zeit heftig nickte.

„Die Kinder haben da so einen Spruch", sagte die andere nachdenklich.

„Süßes oder Saures?", mischte sich Poppi ein. „In Amerika sagen sie ‚Trick or Treat'. Das bedeutet: Her mit dem Süßigkeiten oder wir spielen Ihnen einen Streich."

Die ältere Dame schwenkte scherzhaft drohend ihren Zeigefinger. „Untersteht euch, mir einen Streich zu spielen. Das kann ich nicht leiden. Ihr kriegt schon was Süßes, keine Sorge."

„Halloween feiern heutzutage wirklich viele Menschen", sagte die andere.

„Unser Dr. Horribilus ist ja einer der größten Fans von diesem Fest."

Axel zuckte zusammen. Allein der Name des Mannes genügte, um ihm kalte Schauer über den Rücken zu jagen.

Dominik verneigte sich höflich vor den beiden Frauen: „Darf ich mich vorstellen, mein Name ist Dominik Kascha. Ich bin zu Gast bei Jonathan, dem Schäfer."

„Sehr freundlicher Mann, dieser Jonathan, aber so schrullig", kicherte die ältere Dame und ihre grauen Löckchen wippten fröhlich. „Ich bin Frau Streselich und das ist Frau Gütenbach."

„Sie haben gerade über diesen Dr. Horribilus ge-

sprochen", setzte Dominik fort. „Wohnt er schon lange hier?"

Frau Streselich sah die andere Frau fragend an. Nach kurzem Nachdenken antwortete Frau Gütenbach: „Bestimmt schon sechs oder sieben Jahre. Aber wir haben keinen Kontakt zu ihm. Er ist wohl ein wenig …" Sie tippte sich mit dem Zeigefinger ihrer rechten Hand mehrmals gegen die Stirn, um zu zeigen, dass sie ihn für verrückt hielt. Frau Streselich kicherte verstohlen.

„Aber was tut dieser Dr. Horribilus? Wovon lebt er?", forschte Dominik weiter.

Wieder wechselten die beiden Damen fragende Blicke. Dann zuckten sie mit den Schultern und machten ratlose Gesichter. „Das wissen wir leider nicht", gestanden sie.

„Er hat aber Freunde, die sind genauso verrückt wie er", warf Frau Streselich ein. „Sie verkleiden sich auch immer so seltsam mit Hüten und Umhängen und grässlichen Masken. Aber nicht nur jetzt, also Ende Oktober, sondern das ganze Jahr über."

„So ist es", stimmte Frau Gütenbach der anderen Dame zu, „aber sie stören keinen. Meistens gehen sie mit der Verkleidung nur durch den Garten beim Haus von Dr. Horribilus. Kann schon mal vorkommen, dass einer hier im Ort auftaucht, aber wir haben uns daran gewöhnt. Sie sehen alle verrückt aus, jedoch nicht gefährlich." Die Damen nickten einander zu und kicherten wie kleine Mädchen.

„Die Nächsten!", rief die große, dürre Frau Bogner ungeduldig. Sie erinnerte Dominik an eine strenge Lehrerin und er traute ihr fast schon zu, den beiden alten Damen eine schlechte Betragensnote anzudrohen, weil sie nicht aufgepasst hatten.

Frau Streselich und Frau Gütenbach kauften nun große Mengen an Lutschern, Bonbons und kleinen Schokoladentafeln für die Kinder, die am Abend des 31. Oktobers zum Beispiel als Hexen, Teufelchen, Zauberer oder Monster verkleidet von Haus zu Haus ziehen würden.

Axel stand reglos da und starrte unentwegt in dieselbe Richtung. Poppi trat neben ihn, um zu sehen, was er anstarrte. Ihr Blick fiel in das Schaufenster. Durch die Glasscheibe konnte man Leute beim Vorbeieilen beobachten. Etwas Besonderes gab es auf der Straße aber nicht zu sehen.

„Was ist dort draußen?", fragte Poppi ihren Knickerbocker-Freund.

Axel zuckte erschrocken zusammen und grinste dann verlegen. „Nichts. Weiß nicht, wieso … Ich musste nur plötzlich dorthin sehen." Er wirkte sehr verwirrt.

Da erspähte ihn Frau Bogner. Die Frau hätte mit ihrem Gesichtsausdruck viel besser in einen Laden gepasst, in dem Sauerkraut und Essiggurken verkauft wurden. Die Lippen presste sie jetzt zu einem geraden dünnen Strich zusammen, die Augen verengten sich. Als sich die beiden alten Damen verabschiedet hatten, kam Frau Bogner hinter dem Tresen hervor und baute sich drohend vor Axel auf.

„Taschenkontrolle", verlangte sie.

„Aber Moment … ich … wieso …?" Axel wäre am liebsten im Boden versunken.

„Wer einmal klaut, der tut es gewiss auch ein zweites Mal."

Hinter den drei Knickerbockern standen bereits ein paar andere Leute, die alles mitbekamen. Axel blieb nichts anderes übrig, als die Taschen der Wolljacke und seiner Hosen umzudrehen. Außer ein paar Münzen, einem gebrauchten Taschentuch und einer Hundepfeife war nichts drin.

„Sie haben ihn einfach so verdächtigt, obwohl Sie keinen Beweis haben", sagte Dominik vorwurfsvoll.

„Raus!", fauchte ihn die Ladenbesitzerin an.

Die anderen Leute schüttelten verwundert die Köpfe. Was war hier los?

„Moment!" Dominik stellte sich breitbeinig vor Frau Bogner und hielt auch ihrem stechenden Blick stand. „Sie behaupten, Axel sei gestern fortgelaufen, ohne zu bezahlen. Haben Sie Zeugen dafür?"

Poppi hielt sich hinter Dominik und spähte über seine Schulter. Axel, der sonst immer unerschrocken war, versuchte nun, sich eher klein und unsichtbar zu machen.

Frau Bogner rang nach Luft. „Zeugen? Willst du behaupten, ich lüge?"

„Axel hat jetzt auch nichts geklaut und Sie haben ihn trotzdem verdächtigt!"

Poppi und Axel bewunderten Dominik für diesen Auftritt.

„Hör mal, er hat gestern drei Packungen der teuersten Schokoladenblättchen aus meinem Regal genommen und ist damit zur Kasse gekommen", ereiferte sich Frau Bogner. „Er musste kurz warten, weil ich am Telefon war. Ich habe gesehen, wie er durch die Schaufensterscheibe starrte. Und dann ist er auf einmal losgerannt. Ich gleich hinterher. Aber als ich auf der Straße war, ist er in der Nymphengasse verschwunden."

„Das klingt, als hätte er jemanden wiedererkannt und wäre ihm gefolgt", sagte Dominik nachdenklich. „Es muss jemand gewesen sein, den er schon lange nicht gesehen hatte und unbedingt sprechen wollte."

Poppi nickte zustimmend. „Oder es war zum Beispiel ein Superstar", fiel ihr ein.

„Möglich!" Dominik gefiel die Idee. „Ein Star, den man in einem Kuhdorf wie Kringling nicht vermuten würde."

Die Leute hinter ihnen protestierten empört gegen die Bezeichnung „Kuhdorf".

„Aber warum kann ich mich nicht an diesen ‚Star' erinnern?", wollte Axel wissen.

„Verkaufen Sie auch Popcorn?", fragte Dominik Frau Bogner.

„Ja, wieso?"

„Eine große Tüte für meinen Freund. Popcorn regt die Gehirntätigkeit an. Bei mir helfen allerdings mehr die Schokoladenblättchen mit Pfefferminzgeschmack."

Frau Bogner erinnerte sich, dass sie die beiden Jungen und das Mädchen eigentlich hatte hinauswerfen wollen. Bevor sie es aber in die Tat umsetzen konnte, hatte Dominik schon bezahlt und die drei zogen von allein ab.

„Spitzenmäßig, Dominik, du hast alles aus ihr rausgekitzelt, was wir wissen wollten", rief Poppi, als sie wieder auf der Straße waren.

DER GEDÄCHTNISLÖSCHER

„Geht es schon besser?", fragte Lilo besorgt.

Dr. Ross saß zusammengesunken in ihrem Lederdrehstuhl hinter dem wuchtigen Schreibtisch. Ihr Blick war glasig und auf der Stirn standen Schweißperlen.

„Es muss der Kreislauf sein", murmelte sie.

Als Lilo den Kopf in den Untersuchungsraum gesteckt hatte, war ihr Blick sofort auf die Ärztin am Boden gefallen. Für Lilo sah es aus, als sei die Frau zusammengebrochen.

„Haben Sie jetzt Sprechstunde?"

Die Ärztin sah sie verwirrt an. „Sprechstunde? Ach ja … ja … ich glaube, oder?"

„Sind Sie sicher, dass mit Ihnen wieder alles in Ordnung ist?" Lilo hatte größte Zweifel daran.

„Der Kreislauf ... aber das geht dich nichts an!" Dr. Ross stemmte sich in die Höhe und machte mit der Hand eine Bewegung, als wollte sie Lilo wie eine lästige Fliege verscheuchen. Plötzlich verließ sie jedoch wieder die Kraft und sie sank in den Schreibtischstuhl zurück.

Was tut eigentlich ein Arzt, wenn es ihm nicht gut geht?, überlegte Lilo. Er ruft wahrscheinlich einen Kollegen an.

Die Ärztin atmete schwer und wischte sich immer wieder den Schweiß von der Stirn. Im Untersuchungsraum war es eiskalt, da eins der Fenster weit offen stand.

„Mädchen, geh jetzt endlich!", drängte Dr. Ross ungeduldig.

Zögernd bewegte sich Lilo Richtung Tür. „Eine Frage hätte ich aber noch."

„Was denn?"

„Sie haben meinem Freund Axel gestern Blut abgenommen und Onkel Jonathan gesagt, Axel nähme vielleicht Drogen. Haben Sie das Blut schon untersucht? Ist was dabei herausgekommen?"

Dr. Ross hob den Kopf und sah Lilo verstört an.

„Blut abgenommen? Gestern ... von deinem Freund?" Sie schüttelte verwirrt den Kopf. „Da musst du dich irren."

„Sie haben noch gesagt, falls er behauptet, Sie seien ein Vampir, sollten wir das nicht glauben", fügte Lilo hinzu.

„Ich habe keine Ahnung, wovon du redest. Ich kann das nicht gewesen sein."

Lilo kam ein Verdacht. Sie hoffte sehr, dass er sich nicht bestätigte.

„Frau Doktor, wie kann man sein Gedächtnis verlieren?" Das war die Frage, die Lilo unbedingt hatte stellen wollen.

„Gedächtnisverlust? Dafür gibt es verschiedene

Ursachen." Es war der Ärztin anzusehen, wie langsam ihr Verstand arbeitete. „Ein furchtbares Erlebnis. Drogenrausch. Medikamente und etwas, was aber kaum noch vorkommt: Elektroschock."

„Kann man damit auch nur einen gewissen Teil der Erinnerung löschen? Also zum Beispiel ein paar bestimmte Stunden?", forschte Lilo weiter.

„Nein, nein, so geht das nicht. Es verschwindet viel mehr. Zum Beispiel weiß jemand im Schockzustand nicht mehr, wer er ist, erkennt seine eigene Familie nicht, hat aber trotzdem noch im Kopf, was er vor Jahren in der Schule gelernt hat."

„Gestern Abend ... können Sie sich nicht erinnern, dass Sie bei Jonathan Monowitsch in seinen Eisenbahnwaggons waren?", setzte Lilo noch einmal an.

„Jonathan Monowitsch? Der Schäfer. Gesunder Bursche. Braucht mich kaum", murmelte die Ärztin. „Nein, dort war ich ganz bestimmt nicht."

Lilo sah sie entsetzt an. Sie wusste jetzt, wieso die Türen offen gestanden hatten.

Im Salon des Eisenbahnwaggons kauerten die vier Knickerbocker auf dem Sofa und den Polstersesseln, die Beine angezogen, die Arme um die Knie geschlungen.

„Du meinst echt, da rennt jemand herum, der in der Lage ist, das Gedächtnis zumindest teilweise zu löschen?" Axel konnte und wollte es immer noch nicht glauben.

„Er hat dich in die Hände bekommen und bei der Ärztin war er auch", sagte Lilo. „Bei der Untersuchung deines Blutes könnte etwas herauskommen, was keiner erfahren soll. Ich vermute, er hat sich als Patient ausgegeben und Dr. Ross hat ihm geöffnet. Und nachdem er sie *behandelt* hatte, ist er verschwunden."

Poppi blickte mit großen Augen von Lilo zu Axel und wieder zurück.

Lilo schnippte mit den Fingern. „Könnte sogar sein, dass ich diesen Typ überrascht habe. Das Fenster stand nämlich offen. Möglicherweise ist er in den Garten geflohen, weil ich durch die Tür gekommen bin."

Poppi fiel etwas ein, was sie im Süßwarenladen beobachtet hatte und unbedingt loswerden musste. „Axel, du hast auf einmal durch die Schaufensterscheibe nach draußen gestarrt, als wäre dort etwas. Aber da war nichts. Frau Bogner hat uns ja erzählt, dass du das Gleiche auch gestern gemacht hast."

„Doch gestern ist dort etwas gewesen", ergänzte Dominik.

Axel nickte und hatte zwei tiefe Falten auf der Stirn. Nach einem Seufzer sagte er: „Die Erinnerung ist weg. Es fällt mir einfach nicht mehr ein, was dort gewesen sein könnte."

„Irgendwie sieht es so aus, als wäre dein Gedächtnis nicht gelöscht, sondern ... bloß zugedeckt", sagte Lilo. „Das bedeutet, es kann dir alles wieder einfallen."

Dieser Gedanke gab Axel neue Hoffnung. Es war ja auch schon etwas geschehen, was Lilos Überlegung bestätigte. „Gestern habe ich mich plötzlich wieder daran erinnert, wo ich war und dass ich zu Onkel Jonathan musste. Das laute Bimmeln der Glocken, die seine Schafe umhaben, hat mich darauf gebracht."

„Das bedeutet, deine Erinnerung kann genauso schnell wieder da sein, wie sie verschwunden ist. Wir müssen nur den richtigen Auslöser finden!" Lilo begann, ihre Nasenspitze zu kneten, weil sie dabei besser nachdenken konnte.

Dominik fragte argwöhnisch: „Willst du jetzt vielleicht alle möglichen Töne erzeugen, bis wir den richtigen Auslöser gefunden haben?"

„Das bringt nichts", murmelte Lilo, ohne das Nasenkneten zu unterbrechen. „Aber wir sollten uns noch einmal beim Haus von Dr. Ross umsehen. Der geheimnisvolle Gedächtnislöscher könnte eine Spur hinterlassen haben."

Ein zartes Trommeln machte sich über ihnen bemerkbar. Poppi kniete sich auf das Sofa und sah in den Garten hinaus. „Es regnet", meldete sie.

Das zarte Trommeln steigerte sich schnell zu einem Trommelwirbel, der immer lauter und heftiger wurde. Draußen fiel der Regen in dicken Tropfen. Onkel Jonathan und Bodo kehrten völlig durchnässt von den Schafen zurück. Die roten Haare des Onkels klebten am Kopf und der sonst so wuschelige Bodo sah mit seinem triefenden Fell auf einmal dünn und jämmerlich aus.

Lilo rutschte tiefer in den Polstersessel und seufzte: „Die Spurensuche bei Dr. Ross können wir somit wohl vergessen!"

NACHRICHT FÜR DIE BANDEN-FREUNDE

Im Laufe des Nachmittags wurde der Regen noch heftiger. Das Wasser rann in Sturzbächen vom Dach und über die Fenster. Wer einen Blick nach draußen warf, sah alles nur verschwommen.

Die Knickerbocker-Bande hasste es, untätig herumzusitzen, doch ihr blieb nichts anderes übrig. Onkel Jonathan besaß nur ein einziges Brettspiel und das war ein uraltes *Mensch-ärgere-dich-nicht*. Bis halb elf in der Nacht spielten die vier, weil sie einfach nichts Besseres zu tun fanden.

Der nächste Tag war der 30. Oktober und er kündigte sich etwas freundlicher an. Am Vormittag durchdrang die Sonne den Nebel und die Luft war nicht mehr so beißend kalt wie in der Nacht.

„Die Wiesen sind zu Sümpfen geworden", warnte

Onkel Jonathan die Bande. „Vergesst eure Gummistiefel nicht, wenn ihr nach draußen geht." Wie jeden Tag brach er auf, um nach den Schafen zu sehen.

Axel versuchte pausenlos, seine Erinnerung an die verlorenen Stunden wiederzuerlangen, hatte dabei aber keinen Erfolg.

„Lass es!", sagte Lilo leise zu ihm, die ihm ansah, wie verzweifelt er sich bemühte. Sie hatte sich bereits einen Plan zurechtgelegt, was die Knickerbocker-Bande als Nächstes tun sollte. „Wir schleichen zum Haus dieses komischen Dr. Horribilus", schlug sie vor. „Es muss irgendeinen Grund geben, warum Axel dort aufgewacht ist."

Dominik musterte Axel von Kopf bis Fuß und meinte: „Axel ist nicht gerade ein Schwergewicht. Trotzdem bekommen die Leute sicher mit, wenn ein Junge durch die Landschaft getragen wird. Ich frage mich, wieso es Dr. Horribilus nicht aufgefallen ist, dass jemand Axel in sein Haus gebracht hat."

Poppi hatte eine einfache Erklärung. „Vielleicht war er nicht daheim."

„Hm ... könnte stimmen!" Dominik gab ihr nur ungern Recht.

„Außerdem starten wir eine große Suchaktion nach Axels Rad und Jacke!", erklärte Lilo weiter.

„Und wie stellst du dir das vor?", brummte Axel. „Sollen wir durch die Gegend rennen und ‚Hallo, Fahrrad, wo bist du?' rufen?"

„Natürlich nicht. Aber im Schaufenster des Fahrradladens im Ort steht fast das gleiche Rad, das du hattest. Wir machen ein Foto davon, drucken es auf Flugzettel und verteilen sie. Vielleicht meldet sich jemand. Wir geben meine Handynummer an!" Stolz hielt sie ihr schickes Handy in die Höhe, das sie von ihren Eltern zum Geburtstag bekommen hatte. „Deine Jacke können wir nur zeichnen, aber mit den ganzen Aufnähern ist sie unverwechselbar und sehr auffällig. Falls sie jemand geklaut hat und jetzt trägt, finden wir das heraus."

Poppi fiel noch etwas ein. „Axel, lauf doch noch einmal vom Süßwarenladen die Hauptstraße hinunter und in die Nymphengasse! Vielleicht bringt das dein Gedächtnis auf Trab."

„Versuchen können wir es", willigte Axel ein.

„Gut, dann geht ihr zwei – Dominik und Axel – nach Kringling, lauft noch mal den Weg ab und macht die Flugzettel. Poppi und ich nehmen uns das gruselige Haus vor. Zu Mittag treffen wir uns wieder hier."

Da alles besprochen war, machten sich die vier Knickerbocker auf.

Die Jungen befolgten Poppis Rat, und Axel tat noch einmal so, als würde er von Frau Bogners Laden weglaufen. Beim ersten Mal rannte er an der schmalen Nymphengasse vorbei. Beim zweiten Mal, als er wusste, welche es war, bog er um die Ecke, hatte aber das Gefühl, noch nie dort gewesen zu sein. Trotzdem blieb er nicht stehen. Die Gummisohlen seiner Sportschuhe peitschten über den Asphalt des Bürgersteigs. Er lief und lief und flehte innerlich, eine Erinnerung möge auftauchen.

„He, du!", rief eine hohe Stimme neben ihm.

Axel hielt an und drehte sich suchend um.

Hinter dem Zaun eines Vorgartens stand ein kleines Mädchen mit langen braunen Haaren und einer knallroten Wollmütze. Beide Vorderzähne fehlten, weshalb es beim Sprechen ein wenig lispelte.

„Duuuu?", rief die Kleine fragend.

„Ja?" Axel hatte keine Ahnung, warum ihn das Mädchen ansprach.

„Wieso hast du mir das gegeben?"

Das Mädchen zog einen gefalteten Zettel aus der Hosentasche.

„Gegeben? Ich dir?" Axel kam langsam näher.

„Ja, vorgestern. Du bist auch so gerannt wie jetzt. Und dann hast du mich gesehen. Aber du bist weitergelaufen."

Noch immer verstand Axel nicht, was dieses Mädchen von ihm wollte. Er wurde langsam ungeduldig.

„Aber du bist wieder zurückgekommen", fuhr die Kleine fort. „Du hast nach einem Zettel gefragt und was draufgeschrieben. Und dann hast du ihn mir gegeben. Und du hast gesagt, ich soll …" Das Mädchen sah ihn sehr bekümmert und treuherzig an. Leise gestand sie: „Ich hab vergessen, was ich damit machen sollte."

„Gib her!" Axel riss der Kleinen den Zettel aus der Hand.

„Hör mal, das tut man nicht!", belehrte ihn das Mädchen. Axel beachtete es gar nicht, was das Kind wütend machte. Mit zitternden Fingern faltete Axel das Papier auf. Er erkannte sofort seine Handschrift. In großer Eile hatte er eine Nachricht an seine Banden-Freunde geschrieben:

Leute,

das ist eine superheiße Sache! Ich irre mich nicht. Habe gerade …

Weil er es nicht beachtete, schnappte sich das Mädchen den Zettel. Es war ein dünnes Batt Papier.

„Was soll das!", zischte Axel.

Trotzig stopfte sich die Kleine den Zettel in den Mund.

„Spinnst du, spuck ihn aus!", schrie Axel und wollte das Kind an den Schultern packen. Es duckte sich und er flog über den niedrigen Zaun, wobei sich seine Jacke verfing. Es flüchtete Richtung Eingangstür, öffnete diese und verschwand.

„Hey, nicht schlucken. Bitte!", rief Axel flehend.

Aus dem Haus kam die Stimme einer Frau. „Luisa, was ist denn jetzt schon wieder los?"

Die Tür ging auf und eine Frau, die dem Mädchen sehr ähnlich sah, steckte den Kopf heraus. Verwundert sah sie Axel an, der gerade damit beschäftigt war, seine geborgte Jacke von den Zaunlatten zu befreien und auf die Beine zu kommen. Er hörte, wie die Toilettenspülung im Haus rauschte. Luisa tauchte hinter ihrer Mutter auf und streckte ihm die Zunge heraus. Zum Beweis, dass sie den Zettel nicht mehr hatte, öffnete sie den Mund ganz weit.

Am liebsten hätte Axel sich einfach hingesetzt und geheult. So viel Pech auf einmal konnte doch keiner haben. Es gab noch einen letzten Hoffnungsfunken. So freundlich wie möglich sagte er: „Luisa, kannst du schon lesen?"

Stolz antwortete die Mutter für das Mädchen: „Obwohl sie noch nicht zur Schule geht, kennt unsere Luisa bereits alle Buchstaben. Aber warum interessiert dich das?"

„Hast du gelesen, was ich auf den Zettel geschrieben habe?"

„Krakelschrift", lautete Luisas Antwort.

„Schreibschrift, meint sie", beeilte sich ihre Mutter zu erklären. „Die kann sie noch nicht lesen."

Damit war auch Axels letzte Hoffnung dahin.

DAS HORROR-HAUS

Lilo und Poppi radelten wieder auf der Landstraße, aber diesmal in die entgegengesetzte Richtung, also von Kringling weg. Axel hatte ihnen nur grob beschreiben können, wie sie zum Haus von Dr. Horribilus kamen. Unterwegs begegneten sie dem Postauto mit dem kaugummikauenden Briefträger. Er bremste, ohne dass sie ihn aufgehalten hätten, und rief: „Hallo, Zuckerfee. Na, hat dich die Kuhärztin wieder gesund gemacht?"

„Ja", antwortete Lilo mit breitem Lächeln, „und dir soll ich ausrichten, dass dein Ersatzhirn eingetroffen ist. Leider werden diese kleinen, wie du sie sonst hast, nicht mehr hergestellt."

„Klasse Witz! Cool, Mädchen, macht echt Spaß, dich zu treffen", entgegnete der Postbote lachend.

Und da er nun schon einmal da war, fragte ihn Lilo auch, wo Dr. Horribilus zu finden war.

„Kenne nur seine Postbox. So ein amerikanisches Blechding auf einer Stange. Steht bei Kilometerstein 12,7. Besuch mag dieser Typ nicht. Komischer Kerl."

„Na ja, wir werden uns eben in seine Postbox legen und warten, bis er sie ausleert", meinte Lilo.

Wieder wieherte der Postbote vor Lachen, winkte den Mädchen, ließ das Radio in voller Lautstärke dröhnen und setzte die Fahrt fort.

Obwohl die Sonne schien, war es beißend kalt. Der Fahrtwind trug dazu bei, dass Lilo und Poppi heftig froren.

Wie angekündigt fanden sie die Postbox bei Kilometerstein 12,7, wo eine holprige Schotterstraße abzweigte. Da sie mit den Rädern nicht befahrbar war, lehnten die Mädchen diese links und rechts an einen Baum und ketteten sie mit den beiden Schlössern zusammen. Wer die Fahrräder jetzt stehlen wollte, musste sie über den Wipfel des Baumes ziehen oder den dicken Stamm durchsägen.

Poppi und Lilo zogen sich die Kapuzen ihrer Jacken über den Kopf und gruben die Hände tief in die Taschen. Gebückt kämpften sie gegen die Windböen an, die den Hang herunterfegten und ihnen ins Gesicht schlugen.

Die Schotterstraße endete nach gut dreihundert Metern an einem matschigen Weg, in dem deutlich zwei tiefe Fahrrillen zu erkennen waren. Das Regenwasser sammelte sich darin.

„Seit gestern ist hier keiner mehr langgefahren", stellte Lilo fest.

„Dann ist Dr. Horribilus daheim und wir müssen besonders vorsichtig sein", warnte Poppi.

„Das sind wir auf jeden Fall."

Selbst mit Gummistiefeln war es Schwerstarbeit, auf dem schlammigen, aufgeweichten Weg voranzukommen. Poppi hatte schließlich die Idee, statt auf dem Weg über die Wiese zu gehen. Tatsächlich war der Boden dort fester. Das Gras bildete eine dichte Matte.

Der Weg führte einen Hügel hinauf, und als die beiden Mädchen die Kuppe erreichten, tauchte vor ihnen das Horror-Haus auf.

Es war unverkennbar: Im Gras, auf Pflöcken und Säulen waren Kürbislaternen zu sehen. Die breiten geschnitzten Mäuler mit den Stummelzähnen grinsten in die Landschaft.

Das letzte Stück bis zum Zaun war flaches Weideland, auf dem jeder Besucher sofort entdeckt werden konnte. Zum Robben auf allen vieren war die Wiese viel zu nass. Es gab auch nur wenige Büsche.

„Ich will näher ran, aber er darf uns nicht bemerken", murmelte Lilo vor sich hin.

Poppi sah den Hügel hinunter und konnte eine kleine Schafherde ausmachen.

„Warte", flüsterte sie Lilo zu und eilte den Hügel talwärts. Lilo, die sich unterhalb der Hügelkuppe hingehockt hatte, beobachtete, wie Poppi die Schafe nur mithilfe eines kleinen Stöckchens nach oben trieb. Laut blökend liefen die Tiere vor ihr her.

„Es gibt da viel besseres Gras", hörte Lilo Poppi den Schafen versprechen.

„Was willst du mit denen?", fragte sie verwundert.

„Wir verstecken uns hinter ihnen und lassen sie am Haus vorbeilaufen", erklärte Poppi. „Wird anstrengend, weil wir ganz gebückt gehen müssen. Dafür wird man uns aber zwischen den Tieren auch nicht sehen."

Die Schafe hatten bereits begonnen zu grasen und blökten unwillig, als Poppi sie weitertrieb. Eigentlich hatten Lilo und sie sich hinter der Herde verstecken wollen, doch die Schafe kreisten sie ein und plötzlich waren sie mitten unter ihnen. Der Geruch der nassen Wolle raubte selbst der Tierfreundin Poppi fast den Atem.

Der Plan klappte. Die Schafe ließen sich immer näher an den Zaun des Horror-Hauses treiben.

Es war ein graues eckiges Gebäude, das für die Gegend ungewöhnlich war. Viel besser hätte das Haus in eine Stadt gepasst. Die Fenster waren hoch und hatten wuchtige Einfassungen, die an buschige Augenbrauen erinnerten. Bei vielen waren die Gardinen zugezogen.

„Schwarze Vorhänge", raunte Poppi Lilo zu.

Mehrere Fenster waren sogar zugemauert. Gemalte Spinnennetze prangten auf dem Verputz.

Die Krötenfigur, über die Axel gestolpert war, sahen die Mädchen nicht, da sie im Gras versteckt hockte. Dafür entdeckten sie aber auf der anderen

Seite des Gartens drei grässliche Schlammmonster, die aussahen, als hätten sie sich gerade aus dem Moor erhoben. Man hatte das Gefühl, sie könnten jederzeit den nächsten Schritt machen.

Lilo, die Gruselgeschichten für ihr Leben gern las, schüttelte sich. Im Dämmerlicht wollte sie nicht unbedingt durch diesen Garten gehen.

Ein Stück weiter stießen die Mädchen auf eine weitere Figur. Sie hatte einen riesigen Kopf mit vorstehenden Froschaugen und einem breiten Maul.

Und sie bewegte sich.

Poppi verlor das Gleichgewicht und kippte zur Seite. Die Schafe, die neben ihr liefen, erschraken und ergriffen die Flucht. Der Rest der Herde wurde ebenfalls von Panik erfasst und folgte.

Es war wie im Film. Auf einmal waren die Schafe fort und im Gras kauerten zwei vor Angst zitternde Mädchen.

Das Monster mit dem Riesenfroschkopf hatte sie entdeckt und glotzte mit den weißen Augen in ihre Richtung.

Einen Augenblick lang waren Lilo und Poppi vor Schreck wie erstarrt. Was sollten sie tun? Flüchten?

Aus dem Haus kam ein zweites Ungeheuer. Es trug einen Jogginganzug und dazu einen Drachenkopf mit geblähten Nasenlöchern. Als Dritter erschien Dr. Horribilus persönlich. Sein graues Haar wehte im Wind, seine Augen wirkten finster.

Poppi wartete nicht länger und rannte los. Lilo blieb nichts anderes übrig, als ihr zu folgen. Sie warf einen Blick zurück und sah, wie die beiden Ungeheuer und Dr. Horribilus aufgeregt miteinander redeten. Die Ungeheuer, die ohne Zweifel Menschen mit Masken waren, deuteten in die Richtung der Mädchen. Dr. Horribilus machte beruhigende Handbewegungen und strich sich dann über den Ziegenbart, als wollte er ihn in die Länge ziehen.

GEFÄHRLICHE LEUTE

„Das waren nur diese komischen verkleideten Leute, von denen schon die beiden alten Damen in Frau Bogners Laden erzählt haben", meinte Dominik locker, als Lilo und Poppi zur Mittagszeit von ihrem Erlebnis berichteten. „Das sind Freunde von Dr. Horribilus."

Axel sah sehr niedergeschlagen aus. „Der Zettel wäre wahrscheinlich die Lösung für alles gewesen, aber diese dämliche Göre hat ihn runterspülen müssen." Wütend schlug er mit der Hand auf ein Sofakissen ein.

„Das Kissen kann nichts dafür", erinnerte ihn Lilo und deutete auf die Federn, die aus der Füllung quollen und durch die Luft flogen.

Diese Bemerkung machte Axel aber nur noch wütender und er schleuderte Lilo das Kissen quer durch den Salon zu. Sie fing es geschickt auf und presste es an die Brust.

„Klar wäre der Zettel nützlich gewesen", pflichtete sie Axel bei, „aber wenigstens wissen wir, dass du eine superheiße Sache beobachtet hast. Du hast geschrieben, dass du dich nicht irrst. Das könnte bedeuten, du hast tatsächlich jemanden erkannt."

„Aber wenn das ein Star war, hätte ich euch das doch erzählen können!", bemerkte Axel finster.

„Hättest du, aber du bist demjenigen oder derjenigen wohl auf den Fersen geblieben", kombinierte Lilo.

„Wozu schreibe ich euch einen Zettel? Warum gebe ich ihn dieser dämlichen Kleinen, die ohnehin nur vergisst, was sie damit machen soll?" Axel erweckte den Eindruck, als würde er sich demnächst selbst ohrfeigen.

Dominik hatte für alles Erklärungen. „Du warst in unglaublicher Eile. Darum hast du das getan."

„Du musst damit gerechnet haben, dass die Verfolgung dieser Person länger dauert. Sonst hättest du die Nachricht gar nicht erst geschrieben!", warf Poppi ein.

Lilo ging noch ein Gedanke durch den Kopf. Sie zögerte zuerst, ihn auszusprechen. Langsam sagte sie dann aber: „Könnte es sein, dass du … dass diese Person … gefährlich ist?"

„Gefährlich?" Dominik sah sie wie ein Professor über den Rand seiner Brille hinweg an. „Was meinst du mit ‚gefährlich'? Bissig? Giftig? Oder was?"

„Klugschwätzer!", fauchte Lilo. Sie konnte es nicht ausstehen, wenn Dominik sich aufspielte. „Habt ihr eigentlich die Flugzettel gemacht und überall verteilt?"

Axel hörte ihr gar nicht zu. „Gefährlich? Klingt irgendwie … irgendwie … möglich … ich meine … wen auch immer ich gesehen habe, er oder sie wollte nicht erkannt werden und hat es geschafft, meine Erinnerung auszulöschen."

Lilo runzelte die Stirn. „Kennst du gefährliche Typen, Axel? Leute, die du sofort wiedererkennen würdest?"

„Frag mich, ob ich jemanden kenne, der Ameisen isst", schlug Axel vor.

„Kennst du jemanden, der Ameisen isst?", tat Lilo ihm den Gefallen.

„Ja, Robin aus der Parallelklasse. Er hat auch schon einmal einen Regenwurm geschluckt. Am Stück."

„Igitt!" Dominik schüttelte sich angeekelt.

„Tierquäler", schnaubte Poppi empört.

„Ich kenne tatsächlich gefährliche Leute."

Lilo, Poppi und Dominik sahen ihren Freund überrascht an.

„Wen?", fragten sie im Chor.

„Euch!", lautete die Antwort.

Die Knickerbocker-Bande lachte und es war ein befreiendes Lachen. Endlich, zum ersten Mal nach den Schrecken im Horror-Haus, schöpfte Axel wieder ein wenig Hoffnung.

Später bereiteten die vier im anderen Eisenbahnwaggon ein Mittagessen zu. Sie brieten Kartoffeln, machten Spiegeleier und schmolzen etwas Mozzarella. Die Kartoffeln wurden ein bisschen zu dunkel, das Eigelb der Spiegeleier zu hart und der Käse unansehnlich, doch der Hunger der Freunde war einfach zu groß und deshalb freuten sie sich trotzdem auf das Essen.

Da hörten sie von draußen ein lautes Bellen. An der Tür des Waggons, in dem sich die Küche befand, wurde heftig gekratzt. Poppi öffnete und ein nasser, mit Erde verklebter Bodo sprang die Treppe herauf. Er wedelte nicht so fröhlich wie sonst, sondern ließ sich vor Poppi auf die Vorderpfoten sinken, als wollte er sich verneigen, und gab ein tiefes, aufforderndes Bellen von sich.

„Was hast du denn?", fragte sie ihn.

Bodo sprang wieder aus dem Waggon und hüpfte wie ein Ziegenbock über die Wiese. Ein Strauch, der kleine dunkelgrüne Blätter hatte, schien es ihm besonders angetan zu haben.

Poppi schnappte sich eine der dicken Jacken von Onkel Jonathan und trat in die kalte Herbstluft hinaus. Noch immer gebärdete sich Bodo wie verrückt und bellte den Busch an.

Vorsichtig reckte Poppi den Hals, um erkennen zu können, ob sich etwas dahinter befand. Erschrocken schrie sie auf und wich zurück, als eine dunkle Gestalt vor ihr in die Höhe schoss.

„Nicht schreien … bin nur ich!", krächzte ein Mann.

Es musste sich um einen Landstreicher handeln. Sein Gesicht war rot und seine Schnapsnase leuchtete fast. Was wie Schmutz auf den Wangen aussah, waren dichte dunkle Bartstoppeln. Ein alter olivgrüner Mantel reichte dem Mann bis zu den Knöcheln. Über den Kopf hatte er sich eine Wollmütze gestülpt und diese tief in die Stirn gezogen.

Bodo pflanzte sich beschützend neben Poppi auf und gab immer wieder ein drohendes Kläffen von sich, als wollte er sagen: Tu meiner Freundin nichts, sonst bekommst du es mit mir zu tun!

Axel und Dominik tauchten hinter Poppi auf,

und als sie den ungepflegten Mann sahen, kamen sie ihr sofort zu Hilfe.

„Da ... habt ihr doch verteilt!" Der Mann zog ein zerknittertes Flugblatt aus der Manteltasche und streckte es den dreien entgegen.

Dominik nickte. „Ja, stimmt. Wieso?"

„Habe ich gefunden!" Umständlich öffnete der Mann zwei Knöpfe des Mantels, steckte die Hand in den Schlitz und zog eine dunkelblaue Baseballjacke heraus.

„Das ist meine Ja…" Axel machte einen Schritt nach vorn und wollte schon nach dem Kleidungsstück greifen, ließ die Hand dann aber wieder sinken. „Das ist nicht meine", sagte er enttäuscht. „Auf meine waren viele Abzeichen von Baseballmannschaften genäht."

Poppi, die näher an dem Mann stand, entdeckte Reste von Fäden, die aus dem Stoff hingen. Sie nahm die Jacke und untersuchte sie genauer. „Da waren auch jede Menge Aufnäher drauf. Aber die sind abgetrennt worden."

Axel warf ebenfalls einen prüfenden Blick darauf und konnte ihr nur Recht geben. Wütend fuhr er den Kerl an: „Das haben Sie gemacht!"

Abwehrend hob der Mann die Hände. „Nein … ich bin unschuldig. Ich war es nicht. Die Jacke habe ich gefunden. So wie sie ist … Aber sie ist zu klein für mich."

„Und wo haben Sie sie gefunden?", wollte Dominik wissen.

„Waldstraße beim Hexenstein."

Keiner der drei Knickerbocker hatte von diesem Fels je gehört.

Axel machte den Eindruck, als würde er die Jacke am liebsten einfach wegwerfen. Ohne die Abzeichen der Mannschaften war sie für ihn wertlos.

„Kriege ich die Belohnung?", fragte der Landstreicher schüchtern. So schmutzig sein Gesicht und seine Hände waren, so sanft waren seine Augen.

„Die Jacke ist hin", brummte Axel missmutig.

„Ich war es nicht!", beteuerte der Mann noch einmal. „So gefunden."

„Wir haben auf dem Flugzettel eine Belohnung versprochen und müssen unser Wort auch halten", raunte ihm Dominik zu.

„Habe mein Geld im Waggon", brummte Axel.

Seufzend zog Dominik seinen Geldbeutel heraus und reichte dem Landstreicher einen Schein.

Mit großer Freude griff der Mann danach, deutete auf die Jacke und fragte: „Wenn ich das finde, was da drauf war, soll ich es herbringen?"

„Ja!", antwortete Dominik.

Immer wieder warf der Landstreicher einen Blick auf den Geldschein, als könnte er nicht glauben, dass er ihn wirklich in der Hand hielt. Mit zufriedenem Gesicht hinkte er davon. Poppi tat er leid.

Axel trauerte um seine Jacke. Alles andere war ihm im Moment gleichgültig.

TOTAL BEKNACKT

„Wieso ist Bodo eigentlich allein zurückgekommen?", wunderte sich Lilo. Der struppige Hirtenhund war nicht mit Axel, Poppi und Dominik in den Waggon gegangen, sondern lief unruhig im Garten auf und ab.

„Wenn Onkel Jonathan etwas zugestoßen wäre, würde Bodo uns doch zu ihm führen", sagte Poppi, war sich aber selbst nicht ganz sicher. Bodo verstand es, Schafe zusammenzuhalten, war sonst aber nur aufs Spielen aus.

„Wie bist du eigentlich mit Jonathan verwandt?", fragte Dominik Poppi.

„Er ist der Onkel meiner Mutter und hat mich schon oft eingeladen, ihn einmal zu besuchen. Jetzt hat es Mutti endlich erlaubt."

Auf einem Tablett trug Axel Teller und Besteck in den Salon. Lilo folgte ihm mit einer großen Schüssel, in der sie die Kartoffeln, die Eier und den Käse angerichtet hatte. Als sich die vier Freunde das Essen aufgefüllt hatten, hörten sie Bodo bellen. Sie standen auf, um nachzusehen, was los war, kamen aber nicht einmal bis zum Fenster. Die Tür des Waggons wurde geöffnet und mit einem Schwall kalter Luft trat der Onkel ein. Sie sahen ihm sofort an, dass etwas geschehen war.

„Onkel Jonathan, du … du blutest ja", stellte Poppi entsetzt fest.

Er hielt die Hand schützend über das rechte Ohr. Blut rann zwischen seinen Fingern hindurch und über die Backe.

„Das Verbandszeug … Badezimmer", gab Jonathan in seiner wortkargen Art Kommandos. Dominik lief sofort los.

„Was ist denn geschehen?", fragte Lilo besorgt.

Bodo war mit seinem Herrchen gekommen und kratzte winselnd an seinem Hosenbein.

„Ein wildernder Hund!", begann der Onkel zu erzählen. Das Sprechen schien ihm wehzutun. Er verzog vor Schmerz das Gesicht. „Hat ein junges Schaf angefallen. Bodo ist geflüchtet. Angsthase."

Als hätte er verstanden, was sein Herrchen sagte,

verkroch sich der Hund unter dem Tisch und gab ein klägliches Wimmern von sich.

„Habe dem Schaf helfen wollen, da hat der Hund mich gebissen." Als Jonathan die Hand vom Ohr nahm, stöhnten Poppi und Lilo auf, als wäre es ihre eigene Wunde. Das Ohr sah schlimm aus, so, als hätte der Hund den oberen Teil weggerissen.

Axel schnappte hörbar nach Luft. Als sich Poppi zu ihm umdrehte, sah sie ihn mit offenem Mund und weit aufgerissenen Augen ins Leere starren. Jegliche Farbe war aus seinem Gesicht gewichen.

„Was hast du?", fragte sie ihn.

„Weiß nicht … auf einmal …" Axel schüttelte den Kopf, als könnte er auf diese Weise seine Gedanken ordnen. Es war das blutverkrustete Ohr gewesen, das vor seinen Augen ein Bild aufblitzen ließ. Hatte er ein Männergesicht gesehen?

Ja, das Gesicht eines Mannes im Profil, also von der Seite.

Aber er kannte den Mann nicht. Axel biss sich auf die Unterlippe und dachte angestrengt nach, konnte aber in seinem Hirn nichts über diesen Typ finden. Beschreiben war auch nicht mehr möglich, da das Bild wieder verschwunden war.

„Du musst zu Dr. Ross", sagte Lilo, als sie Jonathans Wunde genauer untersuchte. „Vielleicht ist es nur das viele Blut, aber womöglich hat der Hund wirklich ein Stück Ohrmuschel weggebissen."

Jonathan litt sichtlich unter den schrecklichen Schmerzen. „Ich gehe!", sagte er und es war klar, dass die Knickerbocker-Bande ihn begleiten würde. Alle vier kamen mit, Bodo blieb zurück und rollte sich in seinem Hundekorb zusammen.

Die Ärztin konnte zum Glück Entwarnung geben. Das Ohr war nicht so schlimm verletzt, wie es aussah. Trotzdem bekam Jonathan einen Verband, außerdem eine Tetanusspritze und Tabletten gegen die Schmerzen. Mindestens drei Tage sollte er daheimbleiben und sich Ruhe gönnen.

„Tag, Frau Doktor", grüßte Axel die Ärztin, als sie mit Jonathan ins Wartezimmer zurückkam.

Dr. Ross sah Axel an, als müsse sie überlegen, wer er war. „Kennen wir uns?", wollte sie wissen.

Lilo warf den anderen Knickerbockern einen Blick zu, der sagen sollte: „Seht ihr, es ist genau so, wie ich es euch erzählt habe."

Der Hunger meldete sich bohrend, als die Knickerbocker-Bande und Jonathan den Salonwaggon betraten. Dort wurden sie schon von einem sehr schuldbewussten Bodo erwartet. Unter dem langen Tischtuch guckte nur seine dunkle Nase hervor. Die rosafarbene Zunge leckte immer wieder über die Schnauze.

„Er hat alles aufgefressen", stellte Lilo seufzend fest. Von den Kartoffeln hatte Bodo nicht ein Stückchen übrig gelassen. Gelbe Flecken auf dem Tischtuch zeigten, wo er die Spiegeleier verzehrt hatte. Auf den Tellern und in der Schüssel war der Käse festgetrocknet.

Poppi drückte Onkel Jonathan in den Polstersessel und befahl ihm, ganz ruhig sitzen zu bleiben. Dann ging sie mit Lilo und Dominik in die Küche, um noch einmal ein Essen zu machen.

Axel kauerte auf dem Sofa, die zerstörte Baseballjacke in der Hand. Wer konnte nur so brutal gewesen sein und die aufgenähten Abzeichen abgetrennt haben? Er holte sein Taschenmesser heraus, auf das er sehr stolz war. Es hatte nicht nur zwei Klingen, sondern auch einen Bohrer, einen Schraubenzieher, eine Pinzette, eine Säge, eine Feile und sogar eine Lupe sowie eine winzige Taschenlampe eingebaut. Als er die kleine Klinge aufklappte, um ein paar heraushängende Fäden abzutrennen, machte er eine überraschende Entdeckung.

Was hatte das zu bedeuten?

Ein schüchternes Klopfen an der Tür riss ihn aus seinen Gedanken. Onkel Jonathan war eingenickt und schnarchte leise. Axel stand auf und ging zum Eingang des Waggons. Draußen vor den steilen Metallstufen stand ein grinsender Junge mit weizenblondem Haar. Er streckte Axel einen der Flugzettel entgegen.

„Ist der von dir?"

„Ja. Aber wer bist du?"

„Ich bin Ralph. Und ich kann dir sagen, wo dein Fahrrad ist."

„Echt?" Obwohl der kalte Wind durch den Garten pfiff, stieg Axel die drei Stufen hinunter. „Schieß los, wo ist es?"

„Belohnung!", verlangte Ralph und streckte ihm die flache Hand entgegen.

„Die kriegst du, keine Panik!"

Ralph sah ihn zweifelnd an. Axel musste sich zurückhalten, um ihn nicht anzubrüllen und an der Jacke zu packen und zu schütteln. Zögernd rückte Ralph mit der Information heraus. „Es steht in dem kleinen Hof hinter der *Süßen Tüte*." Die *Süße Tüte* war das Geschäft von Frau Bogner.

„Im kleinen Hof? Na klar!" Axel erinnerte sich wieder. Er hatte das Fahrrad nicht gegen eine Straßenlaterne lehnen wollen und es deshalb in den Hof geschoben. Auf das teure Rad passte er immer sehr gut auf.

„Es ist dort mit zwei Bügelschlössern angekettet", fuhr Ralph fort.

„Das ist ja wunderbar!", lautete Axels Kommentar. Er bat Ralph zu warten und lief zu Dominik, um sich noch mehr Geld zu borgen.

„Ich bin kein Kreditinstitut", beschwerte sich sein Knickerbocker-Freund.

„Kriegst es ja wieder zurück, alter Geizkragen", beruhigte ihn Axel.

Nachdem er Ralph die Belohnung überreicht und dieser sich verabschiedet hatte, kehrte er in den gemütlichen Salon zurück. An einem kalten Tag wie diesem wirkten die weinroten Stofftapeten mit den verschlungenen Mustern, die dicken Samtvorhänge und die ausladenden Polstermöbel ganz besonders einladend.

Noch immer lag Axels blaue Baseballjacke auf einem Sessel, das Taschenmesser daneben.

Lilo brachte einen Topf mit dampfender Dosengemüsesuppe. Dominik und Poppi folgten mit den Suppentellern und Löffeln.

„Ich muss euch etwas zeigen", rief Axel und deutete auf das Taschenmesser.

Dominik interessierte sich nicht die Bohne dafür. „Nach dem Essen, ich habe ein riesengroßes Loch im Bauch!"

„Nein, jetzt!", beharrte Axel. „Lilo, du wirst sofort kapieren, wieso ich das völlig irre finde."

„Was ist denn?" Auch Lilo knurrte der Magen, und wenn sie Hunger hatte, wurde sie schnell ungemütlich.

„Die Fäden!" Axel hatte sich vor das Sofa gehockt und bedeutete den anderen, mit dem Messer vorsichtig zu sein. „Ich habe mein Taschenmesser aufgeklappt und in der kleinen Klinge diese Fäden gefunden." Er zeigte auf kurze Fadenstücke aus blau-weißem Garn. Sein Zeigefinger wanderte weiter zur ausgebreiteten Jacke, wo an einer Stelle mehrere Fadenschlingen aus dem Stoff ragten.

„Blau-weißer Faden!", stellte Lilo murmelnd fest.

Die Schlingen zeigten noch genau die ovale Form des Aufnähers.

„Blau-weißer Faden ist doch etwas Seltenes", fuhr Axel fort. „Auch ohne Mikroskop bin ich mir ganz sicher, dass er von derselben Garnrolle ist. Und das bedeutet …"

„… du hast die Aufnäher selbst von der Jacke geschnitten!", vervollständigte Dominik den Satz seines Detektivkollegen.

„Kapiert ihr das?" Axel sah seine Freunde Hilfe suchend an. „Ich komme mir wirklich sehr beknackt vor. Das ist meine absolute Lieblingsjacke."

„Zum Denken brauche ich Treibstoff in Form von Futter!" Lilo richtete sich auf und griff zum Schöpflöffel. „Sobald ich etwas im Bauch habe, starte ich meine grauen Zellen wieder."

SPRENGUNGEN GEPLANT

Die Knickerbocker-Bande aß nicht nur die Suppe bis auf den letzten Rest auf, sondern plünderte außerdem alle Brotvorräte von Onkel Jonathan, mampfte vier Tüten Chips, zwei Tafeln Schokolade, sieben Äpfel, drei Birnen und zwei Bananen. Danach lehnten sich alle vier Juniordetektive satt und zufrieden zurück.

Aus dem Lehnstuhl kam immer noch das leise Schnarchen von Onkel Jonathan.

Poppi schlug die Hand vor den Mund. „Wir haben alles aufgefuttert und ihm nicht einen Happen übrig gelassen."

„Die Küche ist leer gefressen", meldete Dominik.

„Dann müssen wir noch einmal nach Kringling und Nachschub besorgen", beschloss Lilo.

„Ich bin fast pleite!", gab Dominik bekannt.

Alle kramten die letzten Münzen und kleinen Geldscheine heraus und legten sie zusammen. Ein üppiges Mahl würden sie damit nicht ausrichten können.

„Ich fahre los", meldete sich Lilo freiwillig. Sie schlüpfte in ihre Sportjacke und schlang sich einen Schal um den Hals. Nachdem sie ihren Fahrradhelm aufgesetzt hatte, trat sie in die Pedale.

Die Dämmerung setzte bereits ein und das Licht wurde graubraun.

Sie radelte auf einem kurvigen Stück der Landstraße, als völlig überraschend links von ihr grelle Scheinwerfer aufflammten und gleich darauf wieder erloschen. Lilo bremste und sprang vom Sattel. Suchend sah sie in die Richtung, aus der das Licht gekommen war.

Wieder blitzte es auf und verschwand. Lilo erkannte sofort, dass es sich um einen Wagen handeln musste, der über einen hügeligen Feldweg fuhr. Daher war das Licht auch nur so kurz zu sehen.

Sie lachte über sich selbst und stieg auf, um die Fahrt fortzusetzen.

Gar nicht weit entfernt ertönte plötzlich eine Sirene, brach aber schnell wieder ab.

Der Wagen hatte mittlerweile fast die Stelle erreicht, an der Lilo stand. Die Lichtkegel der Scheinwerfer erfassten sie und der Fahrer hupte.

Lilo warf die Arme in die Luft, um ihm zu bedeuten, er solle sich nicht aufregen. Der Wagen hielt und ein kleiner, stämmiger Mann sprang heraus.

„Hier geht's nicht weiter", warnte er und winkte hektisch. „Der Weg zum Steinbruch ist gesperrt."

„Habe nicht vor, dorthin zu fahren", rief Lilo, war aber neugierig geworden, warum die Strecke abgesperrt wurde. „Was ist denn dort los?"

„Morgen Abend sprengen wir die Höhlen!", erklärte der Mann bereitwillig.

„Höhlen?" Lilo hatte davon noch nichts gehört.

Der Mann legte seinen Ellbogen auf das Autodach. „Im Steinbruch ist früher einmal Feuerstein abgebaut worden. Außerdem haben ein paar Verrückte nach Gold und Silber gesucht und lange Stollen in den Fels getrieben. Jedes Jahr verschwinden darin Hunde und Katzen. Deshalb hat Kringling beschlossen, die Höhlen zum Einsturz zu bringen. Ich bin von der Sprengfirma."

„Dann war das vorhin die Sirene, die vor der Sprengung warnt", sagte Lilo mehr zu sich selbst.

„Ja, wir testen gerade alles. Morgen werden noch die letzten Sprengkörper angebracht und am späten Abend gibt es dann den großen Knall. Man wird aber nicht viel hören, weil die Explosionen in den Stollen stattfinden."

„Und was ist danach?", wollte Lilo wissen.

„Der Steinbruch ist jetzt eine Art große, tiefe Grube. Bei der Sprengung werden die Felsreste zertrümmert und die Brocken werden den Kessel füllen. Später soll Erde aufgeschüttet werden, damit Bäume darauf wachsen können."

Es war fast dunkel und Lilo musste sich beeilen. Der Mann bot ihr an, sie bis nach Kringling mitzunehmen, und Lilo nahm gerne an. Das Fahrrad legte er einfach auf die Ladefläche und ließ die Klappe hinten offen.

Um halb acht war Lilo zurück, beladen mit allem, was schmeckte und billig war.

Poppi hatte sie schon ungeduldig erwartet. Aus den Wiesen und Weiden waren Nebelschwaden aufgestiegen, die immer dichter und dichter wurden.

Lilo schüttelte sich. Sie hatte das Gefühl, die feuchte Kälte des nahen Novembers sei ihr bis in die Knochen gekrochen.

Jonathan saß blass und eingesunken im Lehnstuhl. Der Verband, der um den oberen Teil des Kopfes und die Stirn gewickelt war, ließ ihn sehr

verletzt und krank aussehen. In großen Büscheln stand sein rotes Haar weg.

Wie eine Kellnerin im Gasthaus erkundigte sich Lilo nach seinen Wünschen und servierte ihm dann auf einem Tablett verschiedene belegte Brote, einen großen Becher heißen Tee und Kekse. Jonathan, der sonst mit großem Hunger und Genuss aß, knabberte nur da und dort.

„Bin nicht wehleidig", sagte er mit herzerweichendem Dackelblick, „aber die Schmerzen sind schlimmer als zehnmal Zahnarzt."

Die vier Knickerbocker-Freunde leisteten ihm den ganzen Abend Gesellschaft. Dominik erzählte, wie er beim Theater einmal in eine Bühnenöffnung gefallen war, die sich unbeabsichtigt geöffnet hatte. Axel gab zum Besten, wie er bei einem Wettlauf statt einer gleich zwei Runden gelaufen und nicht einmal bemerkt hatte, dass er der Einzige war. Poppi schwärmte von den vier zahmen Ratten, die bei ihr ein neues Zuhause gefunden hatten, berichtete, wie Katzen dressierbar waren, und Lilo schilderte einen Fall der Bande, der sich auf Hawaii zugetragen hatte.

Bevor die Bande sich schlafen legte, leuchtete sie mit den Taschenlampen in die Nacht hinaus.

Die Eisenbahnwaggons waren von dichtem Nebel umgeben. Das Licht der Lampen verlor sich nach wenigen Metern.

Während Poppi, Lilo und Dominik tief und gut schliefen, wälzte sich Axel lange Zeit hin und her. Der nächste Tag war der 31. Oktober und er musste erneut zu Dr. Horribilus gehen. Noch immer stand Axel unter Verdacht, dort eingebrochen zu haben. Und er hatte keinen Gegenbeweis. Wer außer seinen Freunden, würde ihm denn glauben, dass er da Entsetzliches erlebt hatte?

Es war die bohrende Angst, die Axel nicht zur

Ruhe kommen ließ. Sein Herz klopfte heftig, und obwohl es im Abteil kühl war, schwitzte er.

Es musste schon sehr spät sein, als er endlich einschlief. Am nächsten Morgen fühlte er sich müde und schlapp. Dazu kamen die bleigrauen Wolken, die tief über den Hügeln hingen und aussahen, als würde es gleich anfangen zu regnen.

Jonathan sah noch schlechter aus als am Tag zuvor. Es blieb ihm daher nichts anderes übrig, als den Rat von Dr. Ross zu befolgen und im Waggon zu bleiben.

„Schaut nach den Schafen, bitte!", wandte er sich an die Knickerbocker-Bande.

Axel hob die Hände. „Ich kann nicht. Ich … ich muss … zu Dr. Horribilus."

Lilo sah ihn prüfend von der Seite an. „Angst?"

„Nein!" Axel schrie fast.

„Also große Angst", folgerte Lilo.

Ausnahmsweise verzichtete ihr Knickerbocker-Kumpel darauf, den Helden zu spielen. Er nickte nur stumm.

„Dominik, du bist noch nie bei diesem Dr. Horribilus aufgetaucht. Dich kennt er nicht. Begleite Axel doch einfach", schlug Lilo vor.

Es war Dominik anzusehen, wie wenig begeistert er von der Idee war.

„Und wenn er nur Axel ins Haus lässt?", fragte er.

„Dann sagst du, du wartest draußen auf ihn. Das ist besser, als wenn Axel völlig allein ist."

Was blieb Dominik anderes übrig, als dem zuzustimmen?

Lilo und Poppi wollten nach den Schafen sehen und außerdem den Hexenstein suchen, wo Axels Jacke gefunden worden war. Onkel Jonathan beschrieb ihnen den Weg.

Der Hexenstein war ein riesiger Fels, der mitten auf einer Wiese lag. Keiner konnte sich erklären, wie er dorthin gekommen war. Das Besondere an ihm war, dass man ihn nur mit einem Finger antippen musste, um ihn zum Wackeln zu bringen.

„Die Leute haben immer gesagt: Der muss in die Wiese gehext worden sein!", schloss Onkel Jonathan seinen Bericht.

„Und daher kommt der Name Hexenstein", kombinierte Lilo.

Jonathan nickte und verzog sofort wieder das Gesicht, weil die Schmerzen so stark waren. Bodo leckte ihm die Hand. Er spürte, wie schlecht es seinem Herrchen ging. Vielleicht fühlte er sich sogar verantwortlich oder schuldig.

„Komm, geh mit den Mädchen", sagte der Onkel schwach. „Hilf ihnen mit den Schafen!"

Der Hund trennte sich nur schwer von Jonathan und schloss sich widerstrebend den Mädchen an. Gleichzeitig mit den Jungen brachen sie auf.

An der Landstraße teilten sich die Wege der Bandenmitglieder. Die Mädchen mussten Richtung Ortschaft fahren, Dominik und Axel gingen zu Fuß in die andere Richtung.

„Axel, du weißt ja, warum du hilfst, Kürbislaternen abzustauben", erinnerte Lilo ihren Freund.

„Jaaa", sagte er gedehnt. Selten hatte er so wenig Lust auf Nachforschungen gehabt.

Poppi und Lilo bogen gleich nach der Abzweigung zum Haus von Dr. Ross in eine schmale Verbindungsstraße, die zwischen Feldern hindurchführte. Plötzlich bremste Lilo scharf. Poppi knallte ihr beinahe hinten ins Fahrrad.

„Was ist denn?"

Lilo hob das Rad und drehte es um. „Wenn ich zum Arzt gehe, notiert der immer alles, was er mit mir macht. Auf eine Karteikarte."

„Na und?" Poppi verstand nicht, wieso Lilo das ausgerechnet jetzt eingefallen war. Sie bekam aber keine Erklärung, denn Lilo fuhr einfach los. „He, warte!" Mit aller Kraft trat Poppi in die Pedale, um ihre Freundin einzuholen. Dies gelang ihr erst vor dem Haus von Dr. Ross.

DIE ERINNERUNG KEHRT ZURÜCK

„Bin gleich wieder da!", rief Lilo Poppi zu und rannte in die Praxis, die geöffnet war. Das Wartezimmer war voll, und als Lilo an die Tür zum Behandlungsraum klopfte, erntete sie strafende Blicke der anderen Patienten. Dr. Ross steckte den Kopf heraus und war nicht begeistert, Lilo zu sehen.

„Es ist wichtig", raunte ihr Lilo zu. „Sie haben doch sicher so eine Kartei mit allen Patienteninfos, oder?"

„Ich wüsste nicht, was dich das angeht!"

„Schreiben Sie einen neuen Patienten auch auf, wenn er vielleicht nur kurz hier ist?"

Die Ärztin schien über die Frage verärgert zu sein. „Selbstverständlich. Dazu bin ich verpflichtet."

„Bitte, sehen Sie nach, ob sie einen Axel Klingmeier in Ihrer Kartei haben. Bitte!" Sie sah Dr. Ross flehend an, die schließlich tief durchatmete und im Behandlungsraum verschwand. Als sie nach einer halben Minute zurückkam, hielt sie eine blassgelbe Karte in der Hand. Auch sie selbst war blass um die Nase. Ihre Lippen bewegten sich, ohne dass dabei ein Ton herauskam, während sie las, was auf der Karteikarte stand.

„Das ist der Beweis. Sie waren bei Jonathan und haben Axel untersucht. Sie kennen ihn!"

Die Ärztin warf Lilo einen entsetzten Blick zu. „Komm nach draußen in den Flur", sagte sie leise und schloss die Tür. Lilo verließ den Warteraum und betrat die Diele, als die Ärztin durch eine Nebentür kam.

„Sie haben Axels Blut untersucht. Sie dachten, er nimmt Drogen, aber das würde er nie machen. Es geht um einen Teil seines Gedächtnisses, das verschwunden ist. So wie Ihre Erinnerung an ihn. Jemand treibt sich hier herum, der das bewirken kann." Lilo redete sehr eindringlich, aber flüsternd auf die Ärztin ein.

„Ich verstehe es nicht, aber es stimmt alles, was du sagst." Dr. Ross schüttelte verwirrt den Kopf. „Die Blutuntersuchung war negativ. Das bedeutet, es wurden keine Spuren von irgendwelchen Drogen gefunden. Bei meiner Untersuchung waren seine Pupillen aber ungewöhnlich groß."

„Haben Sie dafür eine Erklärung? Wie kann man Erinnerungen löschen? Nur ganz bestimmte?" Fragend sah Lilo Dr. Ross an.

„Ich … ich müsste in Fachbüchern nachlesen und mit Kollegen telefonieren. Mir ist so etwas nicht bekannt. Aber vor heute Abend kann ich mich nicht darum kümmern." Sie deutete mit dem Kopf zum Wartezimmer. Ein älterer Mann trat bereits in die Diele und fragte ungeduldig, wann er endlich an der Reihe sei. „Ruf mich an!", sagte Dr. Ross und verschwand wieder im Behandlungsraum, ohne sich zu verabschieden.

„Keine Drogen, wenigstens etwas", murmelte Lilo und verließ das Haus.

Axel hatte das Gefühl, seine Beine würden mit jedem Schritt schwerer werden, der sie näher an das Haus von Dr. Horribilus brachte. Der frostige Wind raste über die Hügel und schlug ihnen wie eine Faust aus Eis ins Gesicht. Den Oberkörper nach vorn geneigt, kämpften sie sich den holprigen Weg hinauf, bis sie schließlich vor dem Gartentor standen. Dominik verzog das Gesicht, als er die aufgespießten Schrumpfköpfe auf den Zaunlatten sah.

„Und das ist erst der Anfang", warnte ihn Axel.

Wie vor wenigen Tagen öffnete er auch jetzt das Gartentor mit dem Schuh, ohne es mit der Hand zu berühren. Nebeneinander gingen die Jungen auf das Haus zu.

Dominik stieß Axel mit dem Ellbogen an und deutete mit den Augen auf die kahlen schwarzen Bäume. Bei einem fehlte ein Ast und es war zu sehen, dass der Baum nicht aus Holz, sondern aus Metall war. Er würde also nie Blätter tragen.

Grüne Augen glitzerten im Gras. Sie gehörten langen gelben Schlangen aus Kunststoff und schleimigen Wesen, die aussahen, als würden sie aus der Erde kriechen.

Axel erkannte die Luke der Toilette wieder, durch die er geflüchtet war. Als die beiden Knickerbocker noch zehn Schritte vom Haus entfernt waren, wurde von innen die Tür geöffnet und Dr. Horribilus trat heraus. Missbilligend musterte er Dominik.

„Ich habe verlangt, dass nur du kommst!", sagte er scharf und starrte Axel dabei an, als könnte er in ihn hineinsehen.

„Das ist mein Freund Dominik. Er will helfen", stellte Axel ihn vor. Seine Stimme klang hoch und schrill, was er überhaupt nicht leiden konnte.

Dr. Horribilus schien zu überlegen, ob er noch

einen Jungen im Haus haben wollte. Seine Augen wanderten prüfend über Dominik, der sich durchleuchtet vorkam.

„Na gut. Aber keine dummen Witze, kein dämliches Gekicher, und vor allem wagt es nicht, etwas anzufassen, was ich euch nicht gegeben habe!", sagte der unheimliche Mann.

Dominik und Axel nickten stumm.

Dr. Horribilus trat zur Seite, damit die Jungen durch die Tür konnten. Dominik spürte, wie widerstrebend Axel in das Haus ging. Er schob sich dicht neben ihn und schubste ihn mit dem Ellbogen, damit er auch bestimmt nicht stehen blieb.

Die schmale Diele war schwarz gestrichen und hatte einen schwarzen Steinboden. Von den Wänden funkelten Hunderte Katzenaugen, deren Blicke den Jungen zu folgen schienen.

„Halt!" Dr. Horribilus schloss die Haustür ab. „Ihr geht auch nur dorthin, wo ich euch hinführe. Verstanden?"

Wieder nickten die Jungen artig.

„Du wirst die Kürbislaternen abstauben", teilte er Dominik mit. Dann kommandierte er die beiden in einen ebenfalls schwarzen Korridor und öffnete eine dunkle Tür, die in einen stockfinsteren Raum führte. Als er den Lichtschalter betätigte, ging eine Lampe an, die die Form eines riesigen, durchscheinenden Totenkopfes hatte. Auf dem Boden des Zimmers lagen mindestens dreißig Kürbislaternen aus Kunststoff, alle noch in Plastik verpackt. Dr. Horribilus nahm ein Tuch von einem Regalbrett und drückte es Dominik in die Hand. „Ich werde bald nachsehen, wie weit du bist."

Dominik griff nach dem Tuch und hockte sich nieder, um mit der Arbeit zu beginnen. Dr. Horribilus ging wieder hinaus und schloss mit Nachdruck die Tür.

„Und du kommst mit!" Er winkte Axel, ihm zu folgen. Der weite Ärmel des schwarzen Mantels flatterte wie ein Flügel. Der Mann trug einen Hut aus schwarzem Samt, in den knallrote, wie zum Schrei aufgerissene Münder gestickt waren.

Er ging bis zum Ende des engen Flurs und stieß eine Tür auf. Axel wusste sofort, welches Zimmer sich dahinter befand.

Dort war er zu sich gekommen.

Es war diesmal nicht so dunkel drin. Durch die Türöffnung sah er ein schmales Fenster, graues Herbstlicht fiel herein. Auf dem Regal lagen immer noch die Augen, und eine kleine Handbewegung von Dr. Horribilus genügte, um sie zum Zwinkern zu bringen.

Als er Axels Entsetzen bemerkte, lachte er trocken. „Nur ein kleiner Trick." Er öffnete die Hand, auf der eine Minifernsteuerung lag.

„Du wirst die Augen zählen", forderte ihn der Mann auf. „Jedes Auge hat eine Nummer auf der Unterseite, die trägst du hier ein!" Er holte einen Block aus der Tasche und drückte ihn Axel in die Hand. „Ich bin bald wieder zurück und möchte eine exakte Aufstellung. Verstanden?" Bei dieser Frage beugte er sein Gesicht ganz nahe an das von Axel. Die Haut war eigenartig grünlich und durchscheinend. Immer wieder fiel Axel der Vergleich mit Wachs ein.

„Ob du verstanden hast?", wiederholte Dr. Horribilus drängend.

„Jaaaa", antwortete Axel gedehnt.

Der Mann nickte und schien zufrieden zu sein. Nachdem Axel das Zimmer betreten hatte, knallte hinter ihm die Tür zu.

„Wenigstens schließt er mich nicht ein", dachte Axel erleichtert. Sein Blick wanderte über das Regal mit den Augen zu einer Liege, über die diesmal eine schwarze Decke mit aufgestickten Spinnweben geworfen war. Auch der kleine Sarg stand noch gegen die Wand gelehnt. Der Deckel war zu Boden gefallen und der Juniordetektiv konnte in das Innere sehen. Der schlafende Mann war eindeutig eine lebensecht aussehende Puppe.

Warum sollte er die Augen auflisten? Axel sah zwischen dem Block und dem Regal hin und her. Sein Blick fiel auf das schmale Fenster.

Es war vergittert.

Das bedeutete, Axel war nicht durch dieses Fenster von außen eingestiegen. Er musste auf einem anderen Weg in das Haus gelangt sein.

Noch immer stand er an derselben Stelle. Langsam drehte er sich um und sah zur Tür zurück. Über dem Türrahmen hockte eine ausgestopfte Eule mit gespreizten Flügeln auf einem Ast. Ihre Glasaugen funkelten im Licht, das durch das Fenster fiel.

Es war der weit aufgerissene Schnabel, der Axel besonders interessierte. Im Maul der Eule steckte nämlich ein Gegenstand, der ebenfalls im Licht glitzerte. Er war dunkel und rund und nicht größer als eine sehr kleine Münze.

Axel wusste gleich, worum es sich handelte. Er drehte sich schnell weg und trat vor das Regal. Mit spitzen Fingern hob er eines der Augen hoch. Es war aus Glas und fühlte sich kalt an.

Im Eulenschnabel steckte eine Geheimkamera. Es konnte also sein, dass er beobachtet wurde.

Aber warum und wozu?

Er übertrug die Nummer, die er an der Unterseite des Auges fand, auf den Notizblock. Seine Gedanken waren jedoch ganz woanders.

Mehr zufällig sah er durch das Fenster hinaus in den Garten, wo ein Geländewagen stand. Als eine Gestalt in schwarzen Hosen und schwarzer Jeansjacke gebückt zum Wagen eilte, zog Axel heftig die Luft ein.

Die Gestalt trug eine dieser scheußlichen Masken, die ein verzerrtes, schreiendes Gesicht darstellten.

Wer war das? Wer verbarg sich dahinter?

Der Unbekannte schob sich hinter das Lenkrad, steckte den Zündschlüssel ins Schloss und startete den Wagen. Vom Motor kam ein gequältes Jaulen. Es folgte ein Rasseln, das sich wie zerfallende Zahnräder anhörte.

Und ganz plötzlich öffnete sich in Axels Kopf ein dunkler Vorhang – es war wie im Theater. Dahinter lag Axels Erinnerung. Er wusste nun wieder, was geschehen war. Das eigenartige Motorengeräusch hatte Axels Gedächtnis angekurbelt.

Der Schreck fuhr ihm in den Magen und die Knie. Axel musste sich festhalten, um nicht einzuknicken. Sein Herz raste und das Pochen dröhnte wie Paukenschläge in den Ohren.

Zuerst musste er Dominik holen und dann so

schnell wie nur irgend möglich weg von hier. Sie würden sofort die Polizei alarmieren. Das hätte Axel schon vor drei Tagen tun sollen, statt den Helden zu spielen und sich in unglaubliche Gefahr zu begeben.

Dr. Horribilus darf uns nicht erwischen, hämmerte es in Axels Kopf. *Sonst löscht er unsere Erinnerung sofort wieder. Und vielleicht noch viel mehr als beim letzten Mal.*

Jetzt nur keinen Fehler machen. Ruhig bleiben und das Richtige tun.

Der Geländewagen wurde von der Gestalt mit der Maske weggefahren. Bei jeder Bodenwelle gaben die Stoßdämpfer ein Geräusch von sich, das wie ein Aufschrei klang.

DER HEXENSTEIN

Lilo und Poppi radelten über einen Feldweg zur Landstraße. Sie wollten zuerst zum Hexenstein und danach zu den Schafen. Bodo hatte die plötzliche Umkehr von Lilo mit großer Verwunderung verfolgt, aber mitgemacht. Sein Fell flatterte im Wind, als er nun neben den Rädern herlief.

Jonathan hatte den Mädchen erklärt, dass drei Landstraßen nach Kringling führten: Eine kannten sie bereits, weil sie diese schon öfter entlanggegangen oder -gefahren waren. Die zweite befand sich auf der anderen Seite der Ortschaft. Die dritte bildete mit der ersten ein Dreieck, dessen Spitze genau in der Mitte des Ortes war. Der Feldweg diente als Verbindung und Abkürzung.

Endlich war er zu Ende und sie erreichten die

asphaltierte Fahrbahn. Dort stoppten sie, denn der löchrige Feldweg war sehr unangenehm zu befahren gewesen und hatte sie heftig durchgerüttelt.

„Wenn wir jetzt links abbiegen, müssten wir nach einem halben Kilometer den Hexenstein auf der rechten Seite sehen", wiederholte Lilo laut die Beschreibung, die Jonathan ihnen gegeben hatte.

Bodo schien langsam Gefallen an dem Ausflug zu finden. Übermütig sprang er auf der Wiese herum und bellte die Mädchen auffordernd an.

„Das heißt, wir sollen endlich weiter", übersetzte Poppi.

Sie stiegen wieder auf und setzten die Fahrt fort. Im Schätzen von Entfernungen war Jonathan anscheinend nicht sehr gut. Der Hexenstein tauchte einfach nicht auf.

Diesmal bremste Poppi überraschend und plötzlich. Sie sprang ab, legte das Fahrrad einfach zur Seite und lief zurück, um etwas aufzuheben. Lilo, die einen Blick nach hinten warf, blieb ebenfalls stehen und rief: „Was hast du da?"

Poppi schwenkte etwas Kleines, Buntes und kam zu ihr gelaufen. „Sieh dir das an!"

Lilo nahm es ihr aus der Hand und stieß einen langen Pfiff aus. „Das ist eines dieser Abzeichen, die auf Axels Jacke genäht waren." Sie deutete auf die

Fadenreste. „Es ist abgetrennt worden. Aber wieso hat es jemand hierhergeworfen?"

Poppi schluckte. „Dieser jemand war bestimmt Axel, da doch Fadenstücke in seinem Taschenmesser steckten!"

Die Mädchen schoben die Räder und hielten nach weiteren Aufnähern Ausschau. Nach etwa zweihundert Metern stießen sie auf den nächsten, den der Wind in den Straßengraben geweht hatte. Im Abstand von je gut dreihundert Metern fanden sie noch zwei.

Lilo blieb stehen, knetete ihre Nasenspitze und überlegte. „Axel trennt Aufnäher von seiner Lieblingsjacke und lässt sie in regelmäßigen Abständen auf die Straße fallen."

„Wie Hänsel und Gretel die Brotkrümel gestreut haben", fiel Poppi dazu ein.

„Das ist es!" Lilo klopfte ihrer Freundin anerkennend auf die Schulter. „Poppi, ich glaube, Axel war irgendwo eingeschlossen. Vielleicht in einem Auto. Und um uns zu zeigen, wo es langgefahren ist, hat er alle Aufnäher von seiner Baseballjacke abgetrennt und in regelmäßigen Abständen rausgeworfen."

„Er hat jemanden entdeckt und ist ihm nachgelaufen", fasste Poppi zusammen. „Dann war er in einem Auto. Lilo, er kann dort heimlich mitgefahren sein."

„Um herauszufinden, wohin die Person will!", ergänzte Lilo.

Die Mädchen setzten die Fahrt zum Hexenstein fort und stießen auf ein weiteres Abzeichen. Hinter der nächsten Kurve lag dann der riesige Felsbrocken auf der Wiese, genau wie Jonathan es zuvor beschrieben hatte.

„Wenn hier die Jacke war, dann hat Axel sie zuletzt rausgeworfen, weil er sonst nichts mehr hatte", kombinierte Lilo.

„Schau!" Poppi deutete auf einen Weg, der von der Landstraße wegführte. Die Fahrrinnen waren tief im Boden und an einigen Stellen stand kein Wasser.

„Hier ist jemand vor gar nicht langer Zeit lang-gefahren", stellte Lilo fest.

Während sie auf die Lenker gestützt dastanden und überlegten, hörten sie in der Ferne ein furchtbares Quietschen. Lilo hob den Kopf und sah einen Geländewagen über einen Hügel kommen. Der Wagen sackte in jedes Schlagloch und die Stoßdämpfer quietschten, als täte ihnen das weh.

„Zur Seite ... hinter den Felsbrocken!" Die Mädchen versteckten sich hinter dem Hexenstein und Poppi hielt Bodo am Halsband fest. Vorsichtig spähten sie in die Richtung, aus der das Fahrzeug kam. Für einen kurzen Moment konnten sie jemanden hinter dem Steuer sehen.

Beide duckten sich erschrocken. Die Maske, die der Fahrer trug, war eine entsetzliche Grimasse, wie ein schreiendes Gesicht aus Knete, das jemand in die Länge gezogen hatte.

Lilo wusste, wo sie es schon einmal gesehen hatte. Sie beugte sich zu Poppi und sagte leise: „Das Gesicht ist von Edvard Munchs berühmtem Bild. Es heißt *Der Schrei*."

Poppi nickte, war aber trotzdem nicht gerade beruhigt. Wer verbarg sich unter einer solchen Maske?

Der Wagen bog nach rechts ab, fuhr also nicht in den Ort.

„Das Auto, in dem Axel versteckt war, ist bestimmt diesen Weg hochgefahren", sagte Poppi aufgeregt.

„Na, dann werden wir uns mal ansehen, wohin er führt!" Lilo legte ihr Rad ins Gras und kettete es an Poppis Fahrrad. Zu Fuß gingen die beiden den Hügel hinauf. Damit er nicht vorstürmte, hatte Poppi Bodo ihren Gürtel als kurze Leine durch das Halsband gezogen. Beide Mädchen hatten eine dunkle Vorahnung, wo der Weg endete.

Im Haus von Dr. Horribilus tat Axel so, als würde er den Auftrag ausführen. Er zwang seine Hände, nicht zu zittern, als er einen Augapfel nach dem anderen hochnahm, umdrehte und die Nummer auf den Notizblock schrieb. Seine Bewegungen waren mechanisch, als wäre er ein Roboter.

Fieberhaft überlegte er, wie Dominik und er am besten und schnellsten aus dem Haus verschwinden konnten. Sie befanden sich in allerhöchster Gefahr.

Wer ist dieser Dr. Horribilus? Was spielt er für ein Spiel?, fragte sich Axel. Er verstand mittlerweile, wieso er in diesem Haus zu sich gekommen war. Selbstverständlich war er nicht eingebrochen. Er war mit Absicht hergebracht worden. Und vielleicht war es sogar Dr. Horribilus persönlich gewesen, der seine Erinnerung blockiert hatte.

Aber Lilo hatte Recht: Axels Gedächtnis war nicht wirklich gelöscht, sondern einfach nur verschüttet, wie unter einer Schneelawine. Das Bimmeln der Schafsglocken hatte vor ein paar Tagen die Erinnerung an Onkel Jonathan zurückgebracht, und die Geräusche des Geländewagens hatten eben wieder wachgerufen, was Axel vor drei Tagen beobachtet, getan und erlebt hatte.

Er war erleichtert und gleichzeitig hatte er noch größere Angst als zuvor. Die Flucht aus dem Haus war eine Sache, doch was dann? Wohin sollte er? Seine Knickerbocker-Freunde waren genauso in Gefahr. Die Leute, mit denen sie es zu tun hatten, würden alles daransetzen zu verhindern, dass die Bande sie nicht verraten konnte.

Beobachtete Dr. Horribilus Axel über die versteckte Kamera? Warum tat er das?

Weil er sich vergewissern will, dass ich mich an nichts erinnern kann, schoss es Axel durch den Kopf. Für den Bruchteil einer Sekunde lächelte er. In seiner Angst und Aufregung zuckte aber nur der rechte Mundwinkel kurz in die Höhe.

Sein Einfall lautete: Kameras, vor allem so kleine und raffinierte, hatten manchmal Störungen. Axel musste nur einen unauffälligen Weg finden, die Kamera zu *stören.*

Der Zufall kam ihm zu Hilfe. Die seltsamen Augen auf dem Regal waren schon lange nicht geputzt worden und daher hatte er eine Menge Staub aufgewirbelt. Die feinen Körnchen drangen in seine Nase und er musste heftig niesen. Gleich darauf noch einmal und wieder und wieder.

Das war die Rettung. Axel tat so, als könne er sich gar nicht mehr einkriegen, und nieste immer weiter und weiter. Dabei wankte er durch das Zimmer, täuschte ein Taumeln vor, suchte mit der Hand irgendwo Halt und bekam – oh welch ein Zufall – die ausgestopfte Eule zu fassen. Das Gefieder fühlte sich ekelig an, als hätte es jemand mit großen Mengen Haarspray bearbeitet. Unter der Kruste war es schwammig weich.

Ein kräftiger Ruck und die Eule knickte zur Seite. Der Schnabel mit der Kamera zeigte nicht mehr in den Raum, sondern zur Decke. Vorbei war es mit der Kontrolle von Axel. Zur Sicherheit aber nieste Axel noch einige Male, um den Eindruck zu erwecken, er beruhige sich nur langsam.

Die erste Hürde war geschafft. Er kehrte zum Regal zurück und tat so, als würde er weiter die Nummern der Augen in die Liste eintragen.

Kam Dr. Horribilus zu ihm? Würde er die Eule vielleicht wieder aufrichten?

Axel zückte sein Handy, um schnell die Polizei zu rufen. Aber das Gerät hatte in dem abgelegenen Haus keinen Empfang.

Im Gebäude herrschte eine beängstigende Stille. Auch von draußen kamen keine Geräusche. Axel unterbrach die Arbeit und hielt den Atem an.

Im Zimmer war außer seinem Herzschlag nichts zu hören.

War der Mann mit der grässlichen Maske vielleicht Dr. Horribilus persönlich? Das würde bedeuten, Dominik und er waren allein im Haus. Die beste Gelegenheit also, um zu verschwinden.

HAUS DER SCHRECKEN

Bevor er die Tür öffnete, presste Axel das Ohr dagegen und lauschte.

Jetzt nur keinen Fehler machen und vielleicht etwas übersehen oder überhören.

Die Ruhe, die draußen herrschte, machte ihm mehr Angst als jedes Geräusch. Schließlich fasste er Mut und packte den Türgriff mit beiden Händen. Die Bande hatte oft geübt, Türen lautlos zu öffnen. Dazu musste man sie fest in die Richtung ziehen oder drücken, die der entgegengesetzt war, in die sie aufging, und den Knauf nur Millimeter für Millimeter drehen.

Die Riegel des Schlosses glitten problemlos zur Seite. Axel spürte einen leichten Ruck, als die Tür frei war, und ließ wieder etwas lockerer. Ohne

Quietschen oder Knarren ließ sie sich aufziehen. Der Knall, mit dem Dr. Horribilus nach Axels Erwachen die Tür geöffnet hatte, war also vermeidbar.

Vor Axel lag nun der schwarze Korridor, in dem an der Decke mehrere blaue Glühbirnen brannten. Links und rechts führten schwarz gestrichene Türen ab. Axel erinnerte sich, dass die Toilettentür ziemlich am Ende des Ganges lag. Dominik musste sich im Raum gegenüber vom Klo befinden.

Der Boden war auch hier mit diesem eigenartigen Teppich ausgelegt, der sich unter den Schuhsohlen anfühlte wie Treibsand. Einen Vorteil hatte er allerdings: Er schluckte jedes Geräusch. Axel konnte selbst nicht hören, wie er den Korridor entlang auf die Tür zulief, hinter der Dominik werkte. Als er davorstand, zögerte er kurz, weil er plötzlich unsicher war. Wieder packte er den Knauf mit beiden Händen und öffnete die Tür so lautlos wie möglich.

Die verpackten Kürbislaternen stapelten sich immer noch auf dem Boden. Ein paar waren von der Plastikhülle befreit. Das Staubtuch lag auf einem der grinsenden Köpfe. Es sah aus, als hätte sich jemand in der Wüste eine Not-Kopfbedeckung aus einem Taschentuch gemacht.

Dominik aber war nicht da.

Axels Herz begann sofort, wieder doppelt so

schnell zu klopfen. Er überlegte nicht lange, sondern trat an die nächste Tür und stieß sie auf. Dahinter befand sich ein Raum, der Axel sogleich an Winterurlaub erinnerte. Mit seinem Vater fuhr er häufiger zum Skilaufen in die Berge, und dort wohnten sie in einer Pension, deren Zimmer genauso aussahen wie der Raum vor ihm.

Ein Bett, ein Tisch, ein Stuhl und in einer Ecke ein Waschbecken mit einem Spiegel und Handtuchhalter. Außerdem ein Schrank, auf dem immer der Koffer lag.

Das Zimmer war bewohnt, das bewiesen das zerwühlte Bett, die schmutzigen Kleidungsstücke unter dem Waschbecken und der geöffnete Koffer auf dem Boden.

Axel fiel die Scheibe des Fensters auf: Sie veränderte die Farben. Die Wiese draußen erschien kupferrot, ebenso die Wolken.

Getönte oder verspiegelte Fenster, fiel Axel ein. Man konnte hinaussehen, aber von draußen sah keiner herein.

Vorsichtig schloss er die Tür wieder und ging zurück durch den Raum mit den Kürbislaternen. Auf der Suche nach Dominik öffnete er im Korridor nun eine Tür nach der anderen und stieß auf drei weitere Gästezimmer mit Waschbecken. Nur eines davon war belegt, bei den anderen beiden waren die Betten nicht überzogen und es gab auch sonst keine Hinweise auf Gäste.

Da er immer noch keine Spur von Dominik gefunden hatte, trat er in die schwarze Diele, von der ebenfalls Türen abführten. Eine dunkle Öffnung, die er für eine Nische hielt, war in Wirklichkeit ein weiterer Gang. Das Haus war im Inneren wie ein Irrgarten angelegt.

Axel fand ein Wohnzimmer mit ausladenden Polstersesseln, Fernseher und offenem Kamin. Fenster gab es dort nicht, da das Zimmer im mittleren Bereich des Hauses lag.

Ein Teil des Gebäudes war eine Wohnung mit Schlaf- und Wohnzimmer, Bad und Küche. An der langen Garderobenwand gleich neben der Tür hingen zwei weite schwarze Mäntel und ein besonderer Hut. Es schien sich also um die Wohnung von Dr. Horribilus zu handeln.

Er beherbergt Gäste wie in einer Pension, ging es Axel durch den Kopf. *Die Leute verkleiden sich ebenfalls. Aber wozu? Das ist doch alles sehr merkwürdig. Und warum hat er Gäste wie den Mann mit dem halben Ohr? Wie komme ich denn jetzt auf die Idee mit dem halben Ohr?*

Lilo und Poppi bemerkten gar nicht, dass sie immer schneller gingen. Ihre Beine taten das von ganz allein. Sie liefen neben dem holprigen Sträßlein, spürten weder den kalten Wind noch den feinen Sprühregen, der eingesetzt hatte, und wollten nur sehen, wo der Weg endete.

Als sie oben auf der Kuppe eines Hügels ankamen, hatten sie schnell Gewissheit. Ihre Vorahnung bestätigte sich: Getrennt von einer weiten Mulde lag auf dem nächsten Hügel das schaurige Haus von Dr. Horribilus.

Poppi fielen sofort die Fenster auf, in denen die Glasscheiben wie Kupfer glänzten.

„Verspiegelt", erklärte Lilo. „Damit keiner sehen kann, was sich drinnen tut."

„Axel ist zu diesem Haus gebracht worden", sagte Poppi leise.

Lilo wusste sofort, was zu tun war: „Wir müssen die beiden rausholen – und zwar jetzt! Die ahnen wahrscheinlich gar nicht, in welcher Gefahr sie sich befinden."

Zögernd blieben die Mädchen stehen. Sie konnten nicht einfach losrennen, klingeln und sagen: Tag, wir holen nur unsere Freunde ab, weil wir nämlich wissen, dass Axel Ihnen heimlich hierher gefolgt ist. Versteckt in einem Wagen. Dummerweise müssen Sie das entdeckt haben und deshalb löschten sie einen Teil seines Gedächtnisses. Teufel auch, wie kann man so etwas nur tun?

Nein, das war nicht möglich. Wie sollten sie es bloß anstellen?

In einem großen vergoldeten Bilderrahmen befand sich eine Pinnwand, an der Zeitungsausschnitte hingen. Es waren Berichte über Dr. Horribilus und sein Haus. Axel erfuhr auf diese Weise, dass der Mann in Wirklichkeit Dr. Terry Müllmeier hieß und vor geraumer Zeit Medizin studiert hatte. Das Sammeln von Horror-Artikeln gab er als seine große Leidenschaft an.

Auf Zehenspitzen verließ Axel den Wohnbereich von Dr. Horribilus und schloss die Tür hinter sich. Er schien mit Dominik völlig allein im Horror-Haus zu sein – vorausgesetzt der war noch hier.

Ganz schön fies, was dieser Dr. Horribilus mit uns macht, dachte Axel. *Er scheint uns für ziemliche Angsthasen zu halten, die sich nicht aus den Löchern trauen und nur tun, was er ihnen sagt.* Axel stand unschlüssig in der Diele und sah zur Eingangstür, dann zurück in den Flur, der ins Wohnzimmer und zu Dr. Horribilus' privaten Räumen führte, und dann zu allen weiteren Türen.

Es gab noch drei, die er nicht geöffnet hatte. Aber das wollte er nachholen. Er trat zu einer glatten schwarzen Tür, die keinen Knauf, sondern eine Klinke hatte. Darüber waren drei und darunter zwei Schlösser angebracht.

Es muss sich ja etwas sehr Wichtiges dahinter verstecken, dachte Axel und griff nach der Klinke. Er kam nicht dazu, sie herunterzudrücken, da das schon jemand auf der anderen Seite tat.

Axel erschrak heftig und konnte den Aufschrei nicht mehr unterdrücken. Entsetzt schlug er die Hand vor den Mund und wich zurück, als ihm die Tür entgegenflog.

Im selben Moment ging eine andere Tür auf, die neben dem Eingang lag. Mit wutverzerrtem Gesicht stürzte Dr. Horribilus heraus. Seine dünnen, gekrausten Haare standen vom Kopf ab, als wäre er in eine Steckdose geraten. Seine Lippen waren dünn wie Regenwürmer, und die Augen waren zu zornigen Schlitzen zusammengekniffen.

Axel sah zwischen den beiden offenen Türen hin und her. Er saß in der Falle. Die Flucht in Richtung Haustür war unmöglich, weil Dr. Horribilus dann nur den Arm auszustrecken brauchte, um Axel abzufangen. Der Weg in den Flur und zur Toilette war ebenfalls versperrt, da dort auch jemand stand.

DAS HALBE OHR

Dr. Horribilus machte einen großen Schritt nach vorn und senkte angriffslustig den Kopf. Axel sah durch die offene Tür hinter dem Mann in eine Art Arbeitszimmer mit einem Schreibtisch, der mit Zetteln bedeckt war. Außerdem stand dort ein kleiner Fernsehapparat, der ein schwarzgraues Muster zeigte. Es musste sich um das Bild der Kamera im Eulenschnabel handeln.

„Detektive seid ihr, nicht wahr?", zischte der Mann. Die Haut spannte sich über seinen Wangenknochen und zwei tiefe Falten zogen sich durch die untere Gesichtshälfte. „Knickerbocker nennt ihr euch, was?"

Axel stand wie angewachsen da, unfähig, sich zu bewegen. Sein ganzer Körper war unter Strom und in seinem Kopf herrschte das totale Chaos. Ideen und Möglichkeiten wirbelten darin herum wie Geldscheine im Wind. Er wollte danach greifen, bekam aber keinen zu fassen.

„Du bist hier eingebrochen, du Dieb!", fauchte Dr. Horribilus ihn an.

„Nein, bin ich nicht." Axel war kurz vor dem Explodieren. „Ich bin wohl betäubt worden, weil ich mich in dem Geländewagen versteckt habe. Und dann haben Sie …" Er brach erschrocken ab. In Dr. Horribilus' Wachsgesicht waren die Augenbrauen interessiert nach oben gewandert. Axel schien dem Mann genau das gesagt zu haben, was er hatte hören wollen.

„Du weißt ja noch eine ganze Menge", zischte er scharf. „Aber nicht mehr lange. Diesmal kann ich dich nicht schonen."

Abwehrend hob Axel die Hände. Er wusste, was Dr. Horribilus mit ihm vorhatte. Er wollte die Erinnerungen wieder löschen, ohne Rücksicht auf Axels ganzes Gedächtnis.

Der Mann machte einen Schritt auf ihn zu und Axel wich zurück. Völlig unerwartet schnellte ein Arm hinter Axel hervor und packte ihn. Bevor er sich wehren konnte, wurde er rückwärts gerissen und stolperte in einen Treppenabgang.

Dr. Horribilus sah es und wollte ihn zurückholen. Er rannte auf die offene Tür zu, die aber bereits mit einem Knall ins Schloss fiel, der das Haus erschütterte. An der Innenseite befanden sich Drehknöpfe, mit denen die Riegel vorgeschoben und die Schlösser versperrt werden konnten.

Axel war mehrere Stufen nach unten gestolpert und hatte sich dann am Geländer abgefangen. Gegen die Wand gelehnt stand er da und keuchte wie nach einem Zehnkilometerlauf.

Der Abgang war mit Neonröhren beleuchtet. Im kalten Licht sah er Dominik an der Tür stehen und diese verriegeln. Auf der anderen Seite trommelte Dr. Horribilus wutentbrannt dagegen. Die Schläge waren nur als dumpfes Pochen zu hören, da die Tür aus Metall war und eine lärmabweisende Füllung besaß.

„Du?", sagte Axel überrascht.

„Nein, der Osterhase", schnaubte Dominik. Er kam die Stufen zu Axel herunter und lehnte sich an die andere Wand. Auch Dominik war außer Atem und seine Hände zitterten.

„Wieso ... bist du hier?"

Dominik nahm seine Brille ab und putzte sie mit dem Rand seines Pullovers. „Einer muss ja Nachforschungen anstellen."

„Angeber!", brummte Axel.

„Ich dachte, Dr. Horribilus hätte das Haus verlassen", erklärte Dominik. „Deshalb habe ich mich aus dieser Kürbiskammer gewagt. Nach der Toilette war das die erste Tür, hinter die ich geguckt habe."

„Warst du unten im Keller?", wollte Axel wissen. Dominik nickte.

„Und?"

„Sieh dir das selbst an!"

Noch immer schlug Dr. Horribilus gegen die Tür und drohte den Jungen an, es würde ihnen etwas Schreckliches geschehen, wenn sie nicht auf der Stelle öffneten.

„Der hält uns wohl für total verblödet", sagte Dominik kopfschüttelnd. „Die Tür ist eine Hochsicherheitstür, von außen nicht aufzuschließen. Er wird sie auf jeden Fall nicht so leicht öffnen können. Seine eigene Sicherheitsmaßnahme ist für ihn jetzt ein Nachteil."

„Das beruhigt mich nur wenig." Axel ging die steile Treppe nach unten. Als er von der letzten Stufe trat, stand er in einem weiß gekachelten Raum, der ihn sofort an ein Krankenhaus erinnerte. Eine Tür aus Aluminium stand halb offen und führte in einen kleinen, sehr modern eingerichteten Operationssaal mit einem passenden Tisch, einer starken Lampe, die wie ein UFO darüber schwebte, und jeder Menge Apparaturen.

Auf der anderen Seite des weißen Raumes befand sich ein schmales Zimmer mit langen Regalen an den Wänden. In einem Fach stand Perückenkopf neben Perückenkopf und auf jedem war ein anderes Haarteil. Darunter, auf Kartonkarten, waren Bärte in allen Größen und Formen. Axel sah einen Kunststoffkasten mit Kontaktlinsen in vielen Farben, und in einem Regal mit zahlreichen würfelförmigen Fächern lagen falsche Gebisse und Zahnteile.

Der hintere Teil des Raumes war mit einer Druckerpresse ausgestattet. In einem Pappkarton lagen zahlreiche Pässe, die aber alle ohne Fotos und Daten waren. In weiteren Schachteln waren noch nicht ausgefüllte Reisepässe aus verschiedenen Ländern und Führerscheine.

Axel entdeckte eine Sofortbildkamera, wie sie Fotografen verwendeten, um Passbilder zu machen. Mit der Druckerpresse konnten Visitenkarten und persönliche Briefköpfe erzeugt werden. Muster davon hingen an den Wänden.

Ein großes Foto, das auf der Arbeitsfläche lag, versetzte ihm dann einen Schock. Es zeigte das harte Gesicht eines Mannes, der mit starrem Blick in die Kamera glotzte. Seine Mundwinkel waren nach un-

ten gebogen. Die Miene hatte etwas, was an Marmor erinnerte.

Axel wusste, wer der Typ war. Es war der Mann, den er durch die Schaufensterscheibe des Ladens von Frau Bogner gesehen hatte. Er trug damals einen Hut und hatte den Kragen des Mantels aufgestellt. Außerdem hatte er einen zerschlissenen Schal um Hals und Kinn gewickelt. Ein heftiger Windstoß hatte ihm den Hut vom Kopf gerissen, der fast kahl war. Die Stellen, wo noch Haare wuchsen, waren grau, die übrige Haut rosig. Obwohl sich der Mann sofort nach dem Hut gebückt und ihn wieder aufgesetzt hatte, war Axel ein ganz besonderes Kennzeichen nicht entgangen: das halbe Ohr.

Vom rechten Ohr fehlte die obere Hälfte. Der Rest war gezackt und sah bizarr aus, als hätte man es mit einem Außerirdischen zu tun. Schützend hatte der Mann die Hand über das Ohr gelegt, doch es war zu spät gewesen.

Axel hatte ihn bereits erkannt. Erst wenige Tage zuvor hatte er im Fernsehen einen Bericht über diesen Mann gesehen: Er hieß Eugen Schick, hatte aber im Laufe seines Lebens mindestens dreißig andere Namen benutzt. Eugen Schick war ein gesuchter Verbrecher, der durch Betrügereien Millionen erbeutet hatte. Vor allem wurde ihm Versicherungsbetrug vorgeworfen. Er hatte erst vor Kurzem einen alten Kahn, der kaum noch seetüchtig war, sprengen und versenken lassen. Dann hatte er ihn als neues Luxusschiff ausgegeben und dafür eine sehr hohe Versicherungssumme kassiert.

Das Ohr hatte er bei seiner großen Leidenschaft eingebüßt: dem Motocross. Bei einer Fahrt ohne Helm war er gestürzt und hatte sich verletzt.

Nicht nur Axel, sondern die ganze Knickerbocker-Bande hatte sich die Sendung über ungelöste Verbrechen und gesuchte Kriminelle angesehen. Alle vier waren über die Kaltschnäuzigkeit von Eugen Schick entsetzt gewesen.

Deshalb hatte sich Axel sein Bild auch so genau gemerkt. Es war eine dieser Verbrecheraufnahmen, wie sie bei Festnahmen gemacht wurden. Linkes Profil, Vorderansicht und rechtes Profil. Und dieses rechte Profil mit dem fehlenden halben Ohr war Axel kurz ins Gedächtnis zurückgekehrt, als er den verletzten Onkel Jonathan gesehen hatte.

Das Foto von Eugen Schick, das im Keller des Hauses von Dr. Horribilus auf dem Tisch lag, war mit dicken Strichen übermalt. Die Striche machten das Gesicht viel dünner, vervollständigten das Ohr, schmälerten die Nase und die Augenbrauen.

„Was ist das?", sagte Dominik und starrte auf die Regale. „So sieht es im Theater beim Maskenbildner aus."

„Dr. Horribilus ist mehr als ein Maskenbildner", erwiderte Axel, ohne den Blick von dem Foto zu nehmen.

„Er klopft nicht mehr gegen die Tür und das ist mir unheimlich", berichtete Dominik.

„Was?" Axel hob den Kopf und kaute auf seiner

Unterlippe herum. „Komm, das kann *die* Gelegenheit sein. Er holt wahrscheinlich Unterstützung und ist aus dem Weg."

Die Jungen stürzten in den weiß gekachelten Raum und liefen die Treppe nach oben. Dominik streckte die Hände aus und begann fieberhaft, an den Riegeln zu werken. Axel sah über seine Schulter und bemerkte sofort, dass etwas nicht stimmte. Statt ein Schloss nach dem anderen zu öffnen, zerrte und schob Dominik immer am selben.

„Was ist?", erkundigte sich Axel.

Dominik drehte sich zu ihm und schluckte heftig. „Er hat irgendwie … irgendwie … draußen … den Riegel blockiert. Ich krieg ihn nicht mehr auf."

Als wäre das nicht schon schlimm genug, erloschen in diesem Augenblick auch die Neonröhren. Die Jungen standen im Dunkeln.

Es war nichts zu hören. Keine Schritte, keine Stimme, kein Klopfen.

Axel fluchte leise und ließ sich auf die Stufen sinken. Dominik kauerte sich ermattet neben ihn und legte das Kinn auf die Knie. Schweigend starrten sie in die Finsternis, die ab und zu von dem kurzen, blitzartigen Aufflackern einer Neonröhre unterbrochen wurde.

Wie sollten sie von hier fliehen? Der Keller befand sich tief unter der Erde und hatte keine einzige Luke. Es gab nur einen Weg hinaus – und der war durch die Tür.

Was hatte Dr. Horribilus jetzt vor? Axel ahnte, wie gefährlich der Mann war, der nicht nur Erinnerungen löschen konnte. Die beiden Jungen waren für ihn ein großes Risiko. Sie konnten auffliegen lassen, was er in seinem Horror-Haus trieb. Niemals würde er das zulassen!

Fast gleichzeitig atmeten die Knickerbocker tief ein und mit einem langen Seufzer wieder aus.

DIE ENTFÜHRUNG

Auf dem Hügel, ungefähr hundert Meter vom Haus des Dr. Horribilus entfernt, standen Lilo und Poppi, hielten die Arme schützend vor ihren Oberkörper und traten von einem Bein auf das andere. Sie froren, wollten aber nicht gehen, bevor Axel und Dominik das Haus verlassen hatten.

Gegen Poppi gelehnt saß Bodo und wärmte sie ein wenig. Auch er starrte zum Horror-Haus, als wollte er die Mädchen dabei unterstützen, und gab von Zeit zu Zeit ein Winseln von sich.

Poppi tätschelte ihm den Hals und wuschelte ihm durch das zottige Fell. Bodo wollte immer wieder los, aber Poppi hielt ihn zurück.

Die Minuten verstrichen und bald war eine ganze Stunde um. Lilo rechnete aus, dass Axel und Dominik bereits seit zwei Stunden im Gebäude von dem unheimlichen Mann sein mussten. Sie und Poppi waren ja erst später gekommen.

Ungeduldig schaute Poppi immer wieder auf ihre Uhr. Es war bereits Mittag.

„Es reicht!" Lilo wollte nicht länger warten. „Es hat keinen Sinn, wenn wir zum Haus gehen und klingeln. Wir schicken Onkel Jonathan oder am besten gleich die Polizei."

„Polizei? Aber … aber wir haben doch keinen Beweis", merkte Poppi zaghaft an.

„Dann muss Onkel Jonathan etwas unternehmen. Wir erzählen ihm alles. Wenn er herkommt, lässt Dr. Horribilus Axel und Dominik bestimmt sofort gehen."

„Meinst du … meinst du, er hält die beiden fest?"

Lilo antwortete nicht. Sie machte sich Vorwürfe, weil sie viel zu lange nur dagestanden und gewartet hatten. Die Mädchen begannen, zu den Fahrrädern zurückzugehen. Bodo führten sie wieder am Gürtel.

An der Stelle, wo sie die Räder zurückgelassen hatten, erlebten sie eine böse Überraschung. Die Fahrräder waren nicht mehr da.

„Aber ich bin sicher, wir haben sie hier hingelegt!", jammerte Poppi.

Lilo nickte zustimmend. Es gab nur eine Erklärung: Jemand musste sie gestohlen haben. Beide auf einmal, da sie ja aneinanderhingen. Allerdings waren sie von der Straße aus nicht zu sehen gewesen. Das bedeutete, irgendwer könnte sie beobachtet haben, und derjenige wollte vielleicht weniger die Fahrräder, als vielmehr, dass Lilo und Poppi nicht so schnell von hier fortkamen.

„Nein, das kann nicht sein!" Lilo verscheuchte den Gedanken, der aber immer wiederkehrte.

Den beiden Mädchen blieb nichts anderes übrig, als zu Fuß zu gehen. Im Laufschritt hetzten sie Richtung Kringling. Poppi blieb an der Abzweigung zu einem schmalen Weg stehen und deutete in den Wald. „Das ist eine Abkürzung." Sie ging zu einem Pfeil, der an einem Baumstamm befestigt war und die Aufschrift „Schafstein" trug. „Onkel Jonathan wohnt am Schafstein. Er hat einmal im Scherz gesagt, dass alle Wege zu ihm führen."

„Und wieso sind wir hier nicht langgefahren?", wollte Lilo wissen.

„Der Weg ist steil und steinig. Da brauchst du ein tolles Mountainbike und selbst damit ist es ziemlich gefährlich."

„Was glaubst du, ist es kürzer?", fragte Lilo.

Poppi nickte. Ob es der schnellere Weg war, konnte sie aber nicht genau sagen.

Nach kurzem Nachdenken war Lilo einverstanden. Sie bogen in den matschigen Weg ein, der unter dem schützenden Dach der Baumkronen von alten Kiefern verlief. Er war schon lange nicht mehr befahren worden, da an vielen Stellen mächtige Wurzeln wie Riesenschlangen aus dem Boden kamen und sich quer über ihn zogen.

Es war kein einfaches Weiterkommen. Selbst Lilo, die eine geübte Bergsteigerin und Kletterin war, kam schnell außer Atem. Die Sorge um Axel und Dominik trieb die Mädchen an, raubte ihnen aber auch viel Kraft.

Endlich erreichten sie das eingezäunte Grundstück mit den beiden Eisenbahnwaggons. Sie stiegen die steilen Stufen zum Eingang des alten Salonwaggons hinauf, rissen die Tür auf und stolperten mit den verdreckten Schuhen in den gemütlichen Wohnraum. Onkel Jonathan hatte ihnen eingeschärft, immer vorher die Schuhe auszuziehen, aber in diesem Augenblick galt das nicht.

Die Uhr, die an der Stirnseite des Raumes an der Wand hing, schlug halb zwei.

Der Salon war leer. Im Polstersessel zeugte noch ein Abdruck von Onkel Jonathan.

„Er hat sich bestimmt hingelegt", sagte Poppi und lief zum Abteil, das als Schlafzimmer diente.

Das Bett war zerwühlt, aber leer.

„Lilo!", brüllte Poppi und an der Tonhöhe ihres Schreies war zu erkennen, dass sie etwas Fürchterliches entdeckt hatte.

„Wählt diese Nummer! Ich muss euch etwas sagen. Es geht um euren Onkel", stand auf einem Zettel, der mit Tesafilm an die Tür des Schlafabteils geklebt war. Dann war da noch eine Handynummer.

„Hast du dein Handy?", fragte Lilo Poppi.

Poppi kramte nervös in ihren Hosentaschen. Schließlich fand sie es und reichte es ihrer Freundin. Diese hatte Mühe, die winzigen Tasten zu treffen, weil ihre Hände so unruhig waren.

Bereits nach dem ersten Klingeln wurde abgehoben. Es meldete sich aber niemand.

„Hallo? Hallo, wir sollen Sie anrufen!", rief Lilo.

Eine tiefe, raue Stimme sagte: „Falls ihr der Polizei oder irgendjemandem eine Mitteilung macht, seht ihr euren Onkel nie wieder."

„Wer sind Sie? Was soll das heißen?", schrie Lilo.

„Um fünf Uhr erfahrt ihr, wo ihr euren Onkel finden könnt. Falls bis dahin die Polizei bei mir auftaucht oder sonst etwas geschieht, ist er tot."

„Nein!"

„Die beiden Jungs werden bei eurem Onkel sein. Ende."

Der andere legte auf. Lilo gab sich mit dieser Auskunft nicht zufrieden und rief noch einmal bei dem Mann an, hörte aber nur eine Tonbandstimme, die sagte: „Der gewünschte Teilnehmer ist zurzeit nicht erreichbar."

„Sollen wir wirklich … warten?", fragte Poppi, deren Lippen bebten.

Lilo ging, die Hand gegen die Wand gestützt, zum Salon zurück, wo sie sich in den Lehnstuhl fallen ließ. „Ich fürchte, uns … uns beiden bleibt nichts anderes übrig."

„Der Typ mit der Maske, ob er Onkel Jonathan entführt hat?", fragte Poppi leise.

„Keine Ahnung." Lilo knetete und zwirbelte ihre Nasenspitze. Es ging jetzt darum, genau den richtigen Schritt zu tun, und es widerstrebte ihr, einfach nur herumzusitzen und zu warten.

LUFT!

Dominik drückte auf den kleinen Lichtknopf seiner Armbanduhr. Die Anzeige leuchtete auf und zeigte vier Uhr.

Die Jungen hatten großen Durst bekommen und im Operationssaal zum Glück Kanister mit destilliertem Wasser gefunden. Dieses Wasser war gründlich gereinigt und desinfiziert, schmeckte deshalb entsetzlich langweilig, löschte aber den Durst.

Beide hatten eine kleine Taschenlampe am Gürtel hängen. Um die Batterie zu schonen, schalteten sie das Licht aber immer nur kurz ein. Axel war mehrere Male im Keller gewesen und hatte alle Räume nach einer versteckten Tür abgesucht, jedoch keine gefunden. Mit dem Chirurgenbesteck, das auf kleinen Rollwagen vorbereitet lag, hatten sie versucht, das Schloss an der Tür zu öffnen – ohne Erfolg!

Die Hoffnungslosigkeit der zwei Knickerbocker wuchs von Minute zu Minute.

Noch immer war draußen vor der Tür kein Geräusch zu hören. Allerdings besagte das nicht viel, denn die Tür war gut gedämmt und ließ nur laute Töne durch. Falls jemand durch den Flur ging, würden Dominik und Axel das nicht mitbekommen.

Als dann endlich von der anderen Seite an einem Schloss hantiert wurde, bestimmt mit irgendeinem Spezialwerkzeug, sprangen die Jungen wie elektrisiert in die Höhe und stießen im Dunkeln gegeneinander. Dominik verlor das Gleichgewicht und stürzte nach hinten. Axel spürte es, griff nach ihm und bekam ihn an der Jacke zu fassen.

Da wurde die Tür aufgestoßen und im Rahmen stand Dr. Horribilus.

In der Hand hielt er ein Gerät, von dem an dünnen Kabeln Saugnäpfe und große, runde Kontakte baumelten.

„Meine Herren, wir haben etwas zu erledigen", sagte er kalt.

Dominik und Axel standen sechs Stufen von der Tür entfernt. Selbst wenn sie jetzt überraschend losrannten und immer zwei Stufen auf einmal nehmend nach oben hetzten, würden sie die Tür nicht mehr rechtzeitig erreichen. Dr. Horribilus konnte sie ihnen vor der Nase zuschlagen und sie hier verhungern lassen. Der Wasservorrat reichte höchstens noch für zwei Tage.

„Ihr tut jetzt genau, was ich von euch verlange." Die Stimme des Mannes hatte etwas Scharfes, duldete keinen Widerspruch. „Kommt langsam herauf, die Hände hinter dem Kopf verschränkt."

Gehorsam folgte Dominik dem Befehl. Axel tat es ihm zögernd nach.

Neben Dr. Horribilus erschien ein zweiter stämmiger Mann mit Händen wie Kohleschaufeln. Sein Gesicht war geschwollen. Er sah aus, als wäre er in eine Schlägerei geraten: Die Lippen dick, die Augen verquollen, rote Narben an den Ohren.

„Du schnappst dir den Kleinen mit der Kappe", sagte Dr. Horribilus zu dem anderen.

Trotz seiner Angst spürte Axel Wut in sich hochsteigen. Er konnte es nicht ausstehen, als klein bezeichnet zu werden. Der Zorn machte sich in Axel breit und das brachte ihn auf eine Idee.

Stufe für Stufe gingen die Jungen nach oben. Dr. Horribilus ließ das Gerät in der Hand schwingen und die Kontakte klimpern. Damit nahm er bestimmt das Löschen der Erinnerungen vor.

Die Haustür wurde geöffnet und jemand trat ein. Dr. Horribilus drehte sich um und schien über das Auftauchen der Person in diesem Augenblick gar nicht erfreut.

„Eugen, was ist mit dem Schäfer?", fuhr er ihn an.

„Schon versorgt", lautete die knappe Antwort. „Die Mädchen tun wir dazu. Ich habe ihnen gesagt, dass sie um fünf erfahren, wo er zu finden ist. Wenn sie dort sind, können wir per Fernsteuerung zünden. Wenn es ein bisschen früher knallt, wird es jeder für einen Fehler der Sprengmeister halten."

Dr. Horribilus bedeutete Eugen Schick durch heftige Grimassen, den Mund zu halten, aber der ließ sich davon nicht beeindrucken. „Was ist mit dir? Ist das Gesichtsgymnastik, oder was?"

„Halt's Maul!", schleuderte ihm Dr. Horribilus ins Gesicht.

Eugen Schick, der Mann mit dem halben Ohr, tauchte neben ihm auf und sah zur Kellertreppe.

„Sieh mal einer an, ich dachte, die würden abhauen, hast du jedenfalls behauptet!"

Nun verlor Dr. Horribilus die Nerven und knallte die Tür zu. Axel und Dominik schlug der Luftzug ins Gesicht und sie zuckten, als es krachte. Wieder waren sie von Finsternis umgeben.

Dominik spürte, wie er am ganzen Körper zu zittern begann. Auch Axel hatte Mühe, die Nerven zu bewahren und nicht loszubrüllen oder loszuheulen.

Vor der Tür beratschlagten sich die drei Männer. Ihre Stimmen waren nur als gedämpftes Gemurmel zu hören. Verstehen konnten Dominik und Axel nichts.

Dominik war plötzlich schweißgebadet. Er hatte das Gefühl, nicht mehr atmen zu können. „Luft", würgte er. „Luft!"

Von Axel kam weder Anteilnahme noch Mitleid oder Hilfe.

„Luft? Hast du Luft gesagt?"

„Ich … ich ersticke", japste Dominik.

Noch immer kümmerte sich Axel nicht darum. „Dominik … super!"

„Was? Dass ich … ersticke?" Dominik taumelte.

„Komm mit!" Axel riss ihn an der Jacke und lief wieder in den Keller hinunter. Es blieb Dominik nichts anderes übrig, als ihm zu folgen. Die Aussicht, dass Axel eine brauchbare Idee haben könnte, gab Dominik neue Kraft und Hoffnung und ließ ihn etwas ruhiger atmen.

Im Operationssaal stoppte Axel vor einem kastenförmigen Gerät mit Aluminium-Lamellen. Es erinnerte an einen Ofen und stand an der Wand. Mit der Taschenlampe leuchtete Axel den Spalt zwischen Gerät und Wand ab und winkte Dominik danach zu sich.

„Hilf mir, los!"

Dominik wollte zuerst genau wissen, was Axel vorhatte, erhielt aber keine Erklärung. Die Gefahr, dass die Männer in den Keller kamen, um sie zu holen, war zu groß. Es zählte jede Sekunde. Sie schafften es aber auch mit vereinten Kräften nicht, das Gerät von der Wand fortzubewegen. Axel packte daraufhin einen der Rollwagen, kippte ihn, ließ die chirurgischen Instrumente auf den Boden fallen und versuchte mit Gewalt, den Wagen zu zerlegen. Erst als er die Stangen, aus denen das Seitenteil gebogen war, in der Hand hielt, war er zufrieden. Keuchend vor Anstrengung setzte er das Rechteck, das aus einer einzigen Stange gebogen und geschweißt war, hinter dem Gerät an und hängte sich mit seinem ganzen Gewicht daran. Er benutzte es als Hebel, und als Dominik ebenfalls mithalf, gelang es, das Gerät zu kippen. Die Jungen sprangen zur Seite, als es auf den Boden donnerte.

Ein Rohr mit einem großen Durchmesser war aus der Mauer gebrochen. Dahinter befand sich eine ziemlich breite Öffnung, die in einen Kamin überging, der nach oben führte.

„Dieses Ding ist das Klimagerät, das die Luft im

Operationssaal filtert und reinigt. Es hängt an einem alten Kamin. Los, wir müssen hier rauf!" Axel deutete nach oben.

„Spinnst du, wie denn?" Dominik schüttelte energisch den Kopf.

„Dann bleib du eben hier!", fauchte ihn Axel an.

„Nein."

„Du musst dich mit Händen und Füßen links und rechts im Schacht verspreizen, den Rücken gegen die Wand pressen und dich immer weiter nach oben schieben!", erklärte Axel und führte es Dominik pantomimisch vor. „Und jetzt mach endlich, wir müssen raus!"

DIE SPRENGUNG

Bodo hatte bisher zu Poppis Füßen geschlafen und heftig geträumt. In seinen Träumen lief und bellte er, seine Pfoten zuckten ständig und das Bellen klang seltsam erstickt.

Völlig überraschend sprang Bodo dann auf und stürzte zur Tür. Als sie aufging, fuhren auch Lilo und Poppi in die Höhe. Mit offenem Mund starrten sie auf die schwarzen Gestalten, die in den Salon taumelten.

„Axel? Dominik?" Poppi erkannte die beiden Freunde kaum wieder. Ihre Gesichter waren rußverschmiert, Dominiks blonde Haare schwarz und ihre Hosen und Jacken am Hinterteil und den Knien aufgerissen.

Ihre Handflächen waren blutverkrustet, ihre Ellbogen aufgeschürft und von Axels rechtem Schuh fehlte der vordere Teil.

„Was … was … wie?", stotterte Lilo.

„Alles später!", winkte Axel ab, der sich vor Erschöpfung kaum auf den Beinen halten konnte. Das Klettern war viel anstrengender gewesen, als er gedacht hatte. Als sie endlich den Schornstein erreicht hatten, mussten sie auf das Dach und von dort wieder über eine Regenrinne in den Garten. Danach waren sie gerannt, ohne stehen zu bleiben, bis sie die Landstraße erreicht hatten. Dominik war dort zusammengesunken, weil er heftiges Seitenstechen hatte. Wie sie den Weg bis zu den Eisenbahnwaggons geschafft hatten, war ihnen ein Rätsel. Ihre Beine waren gelaufen, so als wären sie Roboter.

„Jonathan … er ist …", begann Axel, konnte aber nicht weiterreden, weil er nach Luft rang.

„Er ist entführt worden. Um fünf Uhr sollen wir erfahren, wo er versteckt wird", setzte Poppi fort.

„Sie haben was vor … mit Fernsteuerung und einem Knall", berichtete Dominik abgehackt.

Lilo wusste sofort, was gemeint sein könnte. „Die alten Stollen, die gesprengt werden sollen. Sie haben ihn in einen davon gebracht!"

„Und uns wollten sie auch dorthin schaffen", berichtete Axel.

162

„Wir müssen sofort los! Und ihr kommt mit. Wenn die Gauner uns suchen, dann sicher zuerst hier!" Sie lief zur Tür, wo Bodo bereits wedelnd wartete. Für ihn war alles ein lustiges Spiel.

Draußen war es bereits dunkel. Die grauen Wolken hatten den Abend noch früher als sonst anbrechen lassen.

Die vier Freunde machten sich auf den Weg.

Es war halb sechs Uhr, als die Knickerbocker-Bande die Stelle erreichte, an der Lilo am Vorabend dem Sprengmeister begegnet war. Sie bogen in eine alte Straße ein und liefen zwischen kahlen Büschen auf den Steinbruch zu. Die Lichter ihrer Taschenlampen zuckten über den Weg. Ein Reh, das gerade die Straße kreuzte, starrte sie kurz erschrocken an, bevor es mit hohen Sprüngen die Flucht ergriff.

Nach einem Stück versperrten ihnen rot-weiß gestreifte Balken den Weg. Gelbe Schilder warnten vor der bevorstehenden Sprengung. Zur Sicherheit war bereits ein paar Meter hinter der Absperrung eine weitere aufgestellt. Danach noch eine.

Die Knickerbocker schlüpften unter den Absperrungen durch oder kletterten darüber.

Im Laufschritt näherten sie sich dem Steinbruch. Die Straße endete an einem Abhang. Sie standen vor einer schroffen Felswand, die in einer trichter-

förmigen Mulde auslief. Die Mulde war so tief, dass selbst die starken Taschenlampen sie nur schwach erleuchten konnten.

Suchend ließen die vier Freunde die Lichtstrahlen über die Felswände gleiten. Es gab dort mehrere Öffnungen, die alle über schmale Pfade zu erreichen waren.

„Onkel Jonathan!", schrie Poppi.

„Jona-jona-jonathan", hallte es von den Wänden wider.

„Wo bist du?"

„Bist du-bist du-bist du", rief das Echo.

Eine Antwort von ihm kam nicht.

„Wir sollten sofort die Sprengmeister suchen", krächzte Dominik heiser. „Sie müssen die Sprengung absagen."

„Das hätte dir auch früher einfallen können", fuhr ihn Lilo an.

„Du bist doch das Superhirn!", gab Dominik beleidigt zurück.

„Hört auf!" Poppi drängte sich zwischen sie.

„Das bringt doch ohnehin nichts. Die Fernsteuerung … die Gauner haben etwas … die können die Sprengung auslösen!", fiel Axel ein.

Erschrocken sprang Lilo auf und drehte sich nach hinten. Angestrengt starrte sie in die Dunkelheit, aber ohne etwas erkennen zu können.

Waren die Ganoven schon in der Nähe? Wenn sie jetzt die Sprengung auslösten, hatten sie erreicht, was sie wollten: Weder die Knickerbocker-Bande noch Onkel Jonathan würden jemals etwas über sie verraten können.

„Seid still", kommandierte Lilo und lauschte in die Dunkelheit.

Nichts. Nicht einmal ein Auto.

„Sie werden Onkel Jonathan in einen tiefen Stollen geschafft haben", befürchtete Poppi.

„Bis wir jeden einzelnen abgesucht haben, sind Stunden vergangen!", jammerte Dominik.

Hinter den vier Freunden winselte es. Poppi drehte sich zu Bodo. „Das ist es! Sein Hund! Er kann Onkel Jonathan finden. Hoffe ich zumindest."

Poppi hockte sich vor den Hirtenhund, nahm seinen zottigen Kopf in beide Hände und sagte eindringlich: „Such Herrchen, wo ist dein Herrchen? Such!"

Bodo ließ sich auf sein dickes Hinterteil sinken, legte den Kopf fragend zur Seite und gab ratlose, fiepende Töne von sich.

„Vergiss es, der ist viel zu dumm", sagte Dominik mit einer wegwerfenden Handbewegung.

„Ist er nicht!", protestierte Poppi. „Wir brauchen aber etwas, was nach Jonathan riecht, damit Bodo die Fährte besser aufnehmen kann."

„Haben aber nichts dabei", brummte Dominik.

„Doch!", meldete sich Axel und zupfte an der Jacke, die er vom Onkel geborgt hatte. „Ich stinke nicht so, dass nur mein Geruch daran hängt."

„Ausziehen!", befahl Poppi und Axel tat es. Das Mädchen hielt Bodo die Jacke unter die Nase und sagte: „Such dein Herrchen, los, such, such!"

Bodo schnupperte daran, machte ein paar Schritte zurück und blickte Poppi immer noch ratlos an. Um ihm zu helfen, nahm sie ihn am Halsband und führte ihn herum. „Wo ist das Herrchen, wo?"

Der Hirtenhund streckte die Nase in die Luft und schnüffelte nach allen Seiten. Er lief hierhin und dorthin, und Dominik begann wieder zu maulen, dass Poppis Idee nicht gut war.

Auf einmal bellte Bodo. Es war ein Bellen, das Poppi deuten konnte. Mit diesem Laut meldete er zum Beispiel ein Schaf, das sich verlaufen hatte oder abgestürzt war. Sie folgte ihm und Bodo rannte, die Nase knapp über dem Boden, am Rand des Steinbruchs entlang. Bei einem der kleinen Wege zögerte er, bog schon ein, kam dann aber wieder zurück und nahm erst den nächsten. Der Hirtenhund führte Poppi immer tiefer in den Steinbruch. Ungefähr auf halber Höhe des Hanges befand sich ein Stolleneingang, der mit Brettern verschlossen war. Bodo richtete sich daran auf und kratzte wie verrückt. Er bellte, winselte und jaulte.

Ganz leise kam von drinnen eine Stimme.

„Wir haben ihn gefunden", rief Poppi aufgeregt. Die anderen stürzten zu ihr und halfen, die Bretter zur Seite zu räumen. Lilo und Axel gingen geduckt in den Stollen, der nach wenigen Schritten einen Knick machte. Onkel Jonathan lag dort gefesselt im Schmutz. Flehend blickte er zu den beiden Knickerbockern hoch.

Vorsichtig befreiten Lilo und Axel den Onkel von

dem breiten Klebeband, das über seinen Mund geklebt war.

„Raus da, Sprengung!", waren die ersten Worte des Schäfers. Lilo und Axel lösten die Fesseln und stützten ihn beim Aufstehen, da seine Beine vom Liegen in der Kälte ganz steif waren.

Die Knickerbocker-Bande führte den Onkel wieder nach oben. Bodo sprang ständig an seinem Herrchen hoch, er wollte ihm das Gesicht lecken. Poppi packte ihn mit beiden Händen am Halsband, um ihn zurückzuhalten.

Sie hatten den Kraterrand erreicht, als die Warnsirene ertönte. In wenigen Sekunden würden die Sprengkörper gezündet werden.

DOMINIK WIRD ZUR HEXE

„Nicht!", rief Lilo.

„Nein! Halt! Hier sind noch Leute!", brüllte Axel.

Die Knickerbocker formten die Hände zu Trichtern und schrien aus Leibeskräften: „Nicht sprengen! Stopp!"

Es kam keine Antwort. Nirgends eine Stimme, die etwas rief oder schimpfte.

„Weiter ... so weit wie möglich weg!", rief Lilo. Noch immer stützte sich Jonathan schwer auf ihre Schulter. Sie schleppten sich vorwärts, die Angst vor der Sprengung machte sie nach den Schrecken des Tages nicht schneller, sondern raubte ihnen Kraft.

„Kommt, kommt!", trieb Lilo die anderen an.

Axel, an dem sich Jonathan ebenfalls festhielt, spürte, wie auch seine Knie einknickten.

Poppi, die als Letzte ging, bemerkte es und war sofort neben ihm. Sie nahm Axels Arm und legte ihn sich auf die Schulter.

Die Sekunden krochen diesmal nicht, sondern rasten.

Wann genau vor der Sprengung ertönte die Sirene? Wie viel Zeit blieb ihnen noch?

Meter für Meter kämpften sie sich voran. Dominik war neben Lilo, die auch bereits unter Jonathans Gewicht wankte. Der Weg bis zur Absperrung erschien ihnen auf einmal doppelt lang. Er nahm einfach kein Ende.

Wie weit würden die Trümmer fliegen? Das Beben des Bodens, was würde es auslösen? Bestand die Gefahr, dass sie vielleicht einbrachen?

Weiter, weiter, jeder Schritt bedeutete ein Stückchen mehr Sicherheit.

Sie ächzten, schnauften, stöhnten und zitterten. Ihre Beine waren so schwer wie Blei.

Dann endlich die Absperrung! Die erste von dreien. Dominik löste sich von Lilo, lief darauf zu, packte einen Balken mit beiden Händen und zog so lange, bis die ganze Konstruktion einstürzte. Der Weg war frei. Bei der nächsten Absperrung hatte Dominik weniger Glück, sie ließ sich nicht kippen. Die Bande musste mit Jonathan außen vorbei. Und dann endlich, die letzte Absperrung. Trotzdem blieben ihnen bis zur Landstraße noch viele Meter.

Nicht ein Mensch war ihnen begegnet. Sie hatten auch keine Lichter gesehen. Was bedeutete das?

Heftig wankend und schnaufend kämpfte sich die Gruppe voran. Immer weiter durch die Dunkelheit. Vor ihnen blitzte plötzlich das Licht eines Autoscheinwerfers auf. Ein Wagen fuhr an der Abzweigung vorbei, sie hörten den Motor kurz aufheulen und dann in der Ferne verschwinden. Sie hatten es also geschafft.

Sie waren jedoch zu schwach, um zu jubeln.

Knapp vor der Landstraße sanken alle erschöpft auf die Böschung, um erst einmal wieder zu Atem zu kommen.

„Warum … keine Sprengung?", keuchte Axel.

„Vielleicht nur … Warnung", antwortete Lilo außer Atem.

Poppi, die Bodo festhielt, damit er in seinem Übermut nicht auf die Straße lief, hörte wieder ein Fahrzeug kommen. Sie erhob sich und wollte es aufhalten.

„Nicht!", warnte Axel. „Runter, alle runter."

Sie pressten sich auf die Böschung, ohne irgendwelche Fragen zu stellen.

Auch die Mädchen erkannten das kreischende

Quietschen der kaputten Stoßdämpfer des Geländewagens, den die Verbrecher fuhren.

Sie hörten, wie das Fahrzeug langsamer wurde. Allen blieb das Herz stehen.

Wie konnte man sie hier entdeckt haben? Hatten die fiesen Typen sie vielleicht gehört? Was würden sie mit ihnen machen?

Immer langsamer wurde der Wagen, immer tiefer das Brummen des Motors, das Fahrzeug rollte aus, bis es fast auf der Höhe der Abzweigung war.

Da waren aber auch Stimmen. Ein Gekicher, wie bei einer Klassenfahrt.

„Buuuuuuu!", hörten sie die Stimme von Eugen Schick.

„Aaaaaaaaa!" Mehrere Kinder schrien erschrocken auf.

Eugen lachte über den gelungenen Scherz und trat wieder auf das Gaspedal. Poppi, die den Kopf zur Straße hin gedreht hatte, sah ihn mit der Schrei-Maske am Steuer sitzen und vorbeifahren.

Eine Gruppe von Kindern tauchte an der Abzweigung auf. Sie trugen Laternen, die wie Kürbisse aussahen, und waren als Hexen, Vampire und Zauberer verkleidet.

„Das ist es …" Lilo richtete sich auf und rief mit heiserer Stimme: „Hallo, ihr!"

Die Kinder blieben stehen, sahen zum Weg, entdeckten die verdreckten Knickerbocker und Onkel Jonathan und schrien erneut erschrocken auf. Die fünf mussten aussehen wie Moormonster, die sich aus dem Schlamm erhoben.

„Nicht, bleibt da, bleibt stehen! Bitte!", rief Lilo ihnen nach.

Axel stieß sich ab und kam auf die Beine. Wankend lief er den Kindern hinterher, bekam eine kleine Hexe an der Schulter zu fassen und krächzte: „He, kommt zurück. Wir … wir brauchen nämlich eure Hilfe."

Widerstrebend folgten die Kinder der Aufforderung. Zögernd kamen sie. Das Mädchen bei Axel zitterte wie Espenlaub.

„Bitte, wir tun euch nichts, aber ihr könnt uns helfen …", erklärte Axel, der sofort verstanden hatte, was Lilo wollte. „Borgt uns eure Kostüme! Nur kurz!"

Die Kinder starrten ihn fassungslos an.

„Bitte, ihr bekommt alles zurück, und jeder einen Sack voll Süßigkeiten!"

Ein Junge, dem beide Vorderzähne fehlten, trat vor Axel, schaute ihm frech in die Augen und sagte: „Schwör es!"

Axel hob zwei Finger und schwor.

Sie beschlossen, sich aufzuteilen. Lilo, Poppi und Dominik wollten nach Kringling zur Polizei. Axel würde derweil mit Jonathan und den Kindern zurückbleiben.

Aus den Kostümen der sieben Kinder wurden in Windeseile Verkleidungen für Lilo, Poppi und Dominik. Dominik war zwar sauer, dass er sich eine Perücke aufsetzen und als Hexe gehen musste, aber für Sonderwünsche blieb jetzt keine Zeit.

„Hauptsache, keiner kann uns erkennen. Vor allem nicht Dr. Horribilus und die anderen Gauner", sagte Lilo zu ihm.

Mit Pappnasen, Perücken, Kopftüchern, Zauberhüten und Umhängen ausgerüstet, machten sich die drei Knickerbocker auf den Weg. Axel musste zugeben, dass nicht einmal er seine Freunde wiedererkannt hätte.

Bis Kringling waren es noch fünfhundert Meter. Sobald sie die ersten Straßenlaternen erreicht hatten, fühlten sie sich bedeutend sicherer. Das Polizeirevier war in der Hauptstraße, also nicht weit von Frau Bogners Geschäft entfernt.

„Was macht ihr eigentlich so ganz allein auf der Landstraße?", fragte Axel die Kinder.

„Bei uns in der Siedlung sind zu viele. Da kriegt man nichts, weil immer schon andere da waren. Da-

rum wollten wir nach Kringling", erzählte der Junge mit den Zahnlücken.

Obwohl Axel zum Umfallen müde war, musste er die Kinder unterhalten. Weil ihm nichts Besseres einfiel, erzählte er ihnen von den Fällen, die die Knickerbocker-Bande schon gelöst hatte.

SIE HABEN UNS ENTDECKT

Lilo, Poppi und Dominik liefen so schnell sie konnten. Bei jedem Paar Scheinwerfer, das aus der Dunkelheit auftauchte, zuckten die drei erschrocken zusammen. Dominik wollte schon in den Straßengraben flüchten, aber Lilo hielt ihn zurück. Es wäre noch viel verdächtiger gewesen, als mit gesenktem Kopf weiterzugehen.

Vor ihnen wurden die Lichter von Kringling sichtbar. Die Schritte der drei beschleunigten sich. Jeder Meter bedeutete mehr Sicherheit.

Sie hatten die Ortstafel fast erreicht, als sie das vertraute und gefürchtete Quietschen des Geländewagens hörten. Langsam, sehr langsam rollte er dahin. Dominik hob langsam den Kopf und riskierte einen Blick.

Am Steuer saß der Mann mit der Schrei-Maske, daneben ein anderer, der sich ein bleiches Vampirgesicht aufgesetzt hatte.

Der Wagen hielt neben den dreien.

Ihnen stockte der Atem. Ihr Herz pochte heftig. Ihre Beine waren wie aus Gummi.

„Buuu!", machte der Vampir.

Dominik erinnerte sich rechtzeitig daran zu erschrecken. Lilo und Poppi machten es ihm nach.

„Wir suchen vier Kinder, schon etwas größer und nicht verkleidet. Müssen in der Gegend unterwegs sein", sagte der Vampir.

Dominik bot sein ganzes Schauspielerkönnen auf, drehte sich zur verkleideten Lilo, dann zur kostümierten Poppi, zuckte mit den Schultern und schüttelte den Kopf. Wieder machten es ihm die anderen nach.

„Nichts gesehen?", hakte der Mann nach.

„Nein, gar nichts", sagte Dominik. Er musste seine Stimme nicht verstellen, weil er heiser war und somit anders als sonst klang.

„Mist!", schimpfte der andere. Ohne sich zu verabschieden, fuhren sie weiter.

Die Knickerbocker atmeten auf. Sie beschleunigten ihr Tempo und erreichten endlich die ersten Straßenlampen.

Hinter sich hörten sie auf einmal erneut den Geländewagen.

„Die … die haben was gewittert!" Dominik begann zu laufen und das war das Verräterischste, was er tun konnte. Lilo und Poppi blieb nichts anderes übrig, als ebenfalls zu rennen.

Der Geländewagen wurde schneller.

Die Straße war wie ausgestorben. Kein Fußgänger und kein anderes Fahrzeug weit und breit.

Der Geländewagen hatte sie fast eingeholt.

Die Knickerbocker rannten, was das Zeug hielt, waren aber nicht wirklich schnell.

„Das sind sie!", hörten sie den Mann rufen.

Jetzt war alles aus.

Aus einer Seitengasse bog ein kleiner gelber Wagen und hupte, als ihm die drei Freunde vor die Motorhaube liefen. Lilo erkannte den Postboten, er war wohl privat unterwegs. Sie stolperte zum Fahrerfenster, riss die Tür auf, zerrte sich die Pappnase aus dem Gesicht und keuchte: „Hilf uns, bitte!"

Als die Männer im Geländewagen das sahen, wendeten sie und rasten davon.

Es war der 3. November. Die Knickerbocker betraten das Geschäft von Frau Bogner, weil sie noch etwas ganz Besonderes zu erledigen hatten.

Die Besitzerin sah von der Zeitung auf, in der sie blätterte, erkannte die vier und kam sofort hinter dem Tresen hervor. Mit einem strahlenden Lächeln eilte sie auf die Bande zu, rang die Hände und begrüßte sie überschwänglich wie alte Freunde.

„Es ist ja unglaublich, was wir da so viele Jahre in unserer Nähe gehabt haben", plapperte sie, während Axel, Lilo, Poppi und Dominik Schokolade, Kaugummi und Bonbons aus den Regalen nahmen. „Ist das wahr? Dieser Dr. Horribilus hat Kriminellen in seinem Haus ein neues Gesicht und eine neue Identifizität verschafft."

„Identität", verbesserte sie Lilo. „Ja, das hat er getan. Und das Horror-Theater hat er aus zwei Gründen veranstaltet: Erstens machte es ihm tatsächlich Spaß. Und zweitens war es ein großartiger Trick, seine Patienten an die frische Luft zu bringen. Sie trugen ganz einfach Masken, solange ihre Gesichter nach den Operationen noch nicht richtig verheilt waren. Sie konnten bei ihm untertauchen, trotzdem aber zum Beispiel in den Ort kommen, wenn sie irgendwelche dunklen Geschäfte zu erledigen hatten. Keiner hat je gedacht, dass sich hinter den Masken gefährliche Kriminelle verstecken könnten."

„Aber ihr Juniordetektive habt es auffliegen lassen!", sagte Frau Bogner.

„Na ja, Axel ist ein scharfer Beobachter, und Eugen Schick hat den Fehler gemacht, vor seiner Operation ohne Maske herzukommen. Er dachte, Schal und Hut tun es auch, hat aber nicht mit dem Herbststurm gerechnet", fuhr Lilo fort.

Ihre Freunde türmten Süßigkeiten auf die Theke und holten noch mehr. Sie hatten sich einigermaßen erholt, waren aber alle noch recht angeschlagen.

Das Einzige, was sie an diesem Fall störte, war die Tatsache, dass sie von der Polizei keine genauen Auskünfte über das Gerät erhielten, mit dem tatsächlich ein Teil der Erinnerung für eine Weile ausgeschaltet werden konnte. Es beeinflusse die Hirnströme, hatte man ihnen gesagt, sei vergleichbar mit der Hypnose und dem Tiefschlaf. Schlüsselsignale, wie zum Beispiel ganz bestimmte Geräusche, brächten die Erinnerung aber zurück.

Dr. Horribilus war gefasst worden, die anderen beiden Gauner dank der Beschreibung der Knickerbocker-Bande auch. Die Zeitung hatte einen großen Bericht über die Sache gebracht und jeden Tag erschien eine Fortsetzung.

Frau Bogner wieselte hinter den Tresen zurück und betrachtete halb verwundert, halb besorgt den riesigen Berg an Süßigkeiten, den die Bande dort aufgetürmt hatte.

„Es geht mich ja nichts an", begann sie vorsichtig, „aber es könnte euch bei diesen Mengen ganz schön übel werden."

„Sind nicht für uns", beruhigte sie Axel. Er deutete nach draußen, wo Kinder sich die Nase an der Schaufensterscheibe platt drückten. „Wir haben nur ein Versprechen einzulösen. Für jeden einen Sack voll Süßigkeiten."

„Schon erstaunlich, dass eine Hexe, ein Zauberer und ein Monster einen Fall gelöst haben", sagte Poppi und lachte.

„Dass ich als Hexe verkleidet war, vergisst du besser schnell wieder", zischte Dominik.

„Hexe!", zog ihn Axel auf.

„Klappe!", fauchte Dominik.

Als er Axels breites Grinsen sah, musste er aber selbst lachen.

„Ich war noch nie so froh über die Nacht der Hexen und Geister wie dieses Mal", gestand Poppi.

„Geht mir auch so, aber diesen Fall muss ich erst noch verdauen", sagte Axel.

Er ahnte nicht, dass die Knickerbocker-Bande schon bald ein neues haarsträubendes Abenteuer erleben würde.

DER KNICKERBOCKER-
BANDENTREFF

**Werde Mitglied im Knickerbocker-Detektivclub!
Unter www.knickerbocker-bande.com kannst du dich
als Knickerbocker-Mitglied eintragen lassen. Dort erwarten
dich jede Menge coole Tipps, knifflige Rätsel und Tricks
für Detektive. Und natürlich erfährst du immer
das Neueste über die Knickerbocker-Bande.**

**Hier kannst du gleich mal deinen detektivischen Spürsinn
unter Beweis stellen – mit der Detektiv-Masterfrage,
diesmal von Axel:**

HEY LEUTE,

ein Angsthase bin ich bestimmt nicht, das wisst ihr ja bereits, aber dieser Fall war echt die Härte. Könnt ihr euch vorstellen, wie ich mich gefühlt habe, als ich in dem furchtbaren Haus von Dr. Horribilus aufgewacht bin? Ich hatte nun wirklich keinen blassen Schimmer, wo ich mich befand. Zum Glück ist besagter Herr jetzt hinter Gittern – und das hat er uns zu verdanken.

Sag mal, wie gut ist eigentlich dein detektivisches Gespür?
Hast du denn gleich geahnt, was sich in dem
Eulenschnabel verbarg, und weißt du auch noch,
wie ich Dr. Horribilus in dieser Situation
ausgetrickst habe?

Die Lösung gibt's im Internet unter
www.knickerbocker-bande.com
Achtung: Für den Zutritt brauchst du einen Code.
Er ergibt sich aus der Antwort auf folgende Frage:

Halloween wird jedes Jahr in der Nacht
vom 31. Oktober auf den 1. November gefeiert.
In den englischsprachigen Ländern klingeln
viele Kinder verkleidet an den Haustüren.
Was sagen sie dann oft?

Code
78477 Try or Die
47127 Trick or Treat
91703 Hallo or Horror

Und so funktioniert's:
Gib jetzt den richtigen Antwortcode auf der Webseite
unter **MASTERFRAGE** und dem zugehörigen Buchtitel ein!

Passt gut auf euch auf!
Bis demnächst
euer

Axel

ABENTEUERTIPPS FÜR JUNIORDETEKTIVE

Mit Illustrationen von Alexander Jung

HALLO DETEKTIV UND KNICKERBOCKER-KUMPEL

Wir haben beim Lösen unserer Fälle große Abenteurer kennengelernt und viel von ihnen erfahren.

Ihre Tipps haben wir hier aufgeschrieben. Einige davon könnten für dich bestimmt sehr nützlich sein, andere sind einfach toll und interessant.

WARNUNG:

➤ Wer sich ohne Begleitung, richtige Ausrüstung und Vorbereitung in gefährliche Situationen begibt, ist nicht mutig, sondern verrückt.

➤ Viele Abenteuer können nur von Profis bestanden werden.

➤ Riskiere nie Kopf und Kragen.

➤ Rede mit Profis, die sich dort auskennen, wo du unterwegs bist. Hör auf sie und schlage Warnungen nicht in den Wind.

Die nächsten Seiten stecken voller Abenteueratmosphäre. Lies sie genau durch, denn am Ende erwarten dich unter *www.knickerbocker-bande.com* ein kniffliges Abenteuer-Rätsel und spannende Preise!

Bleib auf der Spur!

Axel Lilo
Dominik
Poppi

INHALT

Überleben bei extremen Minusgraden
190

Im Dschungel kreucht und fleucht es
196

Heiße Tage und eiskalte Nächte in der Wüste
204

Gefahren und Schätze unter Wasser
215

Profitipps für Abenteuer
in der Heimat und auf Reisen
226

ÜBERLEBEN BEI EXTREMEN MINUSGRADEN

In manchen Gegenden Alaskas gelten erst Temperaturen um minus 25 Grad als kalt! Wenn du aus einem Haus ins Freie trittst, brennt die Kälte auf der Haut und der Atem bleibt als Fahne in der Luft stehen. Trägst du eine Gesichtsmaske, die nur einen Augenschlitz hat, bilden sich im Gewebe vor deinem Mund kleine Eisklumpen. Wer bei diesen Temperaturen überleben will, muss vieles beachten.

Kleidung für extrem niedrige Temperaturen

▶ Gefütterte Stiefel, eine dicke Jacke, eine Wollmütze und Handschuhe sind zu wenig.

▶ Auch in eisiger Kälte schwitzt du, wenn du dich bewegst. Trägst du die falschen Sachen, wird deine Kleidung an dir festfrieren.

◆ Profis tragen Unterwäsche aus Polarvlies. Die Fasern dieses Stoffes nehmen den Schweiß nicht auf. Darüber zieht man ein Hemd aus Polarvlies und je nach Kälte ein oder zwei dünne Pullover. Es folgen eine Weste und eine gut gefütterte Jacke. Als Schutz gegen den Wind trägt man eine windundurchlässige Jacke.

◆ Über den Kopf und das Gesicht streift man einen strumpfähnlichen Schlauch aus Polarvlies, der für die Augen einen Schlitz hat.

◆ Eine dicke Mütze oder Kappe mit herunterklappbaren Ohrenschützern und eine Kapuze mit Pelzrand wärmen zusätzlich den Kopf.

◆ An den Händen trägt man Fingerlinge und darüber dicke Fäustlinge.

◆ An die Füße kommen sogenannte Bunnyboots. Sie bestehen aus mehreren Luft- und Gummi-

schichten und halten die Körperwärme. Aber Achtung! Wenn man in den Schuhen stark schwitzt, kann der Schweiß in der Nacht darin gefrieren und dann sind sie am Morgen zwei Eisklumpen! Daher empfiehlt es sich, die Stiefel am Feuer zu trocknen.

Gesichtsschutz

Der Gesichtsschutz ist in kalten Gegenden sehr wichtig! Wenn man mit einem Hundeschlitten bei minus 50 Grad unterwegs ist, entsteht durch den Fahrtwind eine Temperatur von minus 100 Grad!

Wird die Nasenspitze weiß, besteht die Gefahr, dass sie abfriert. Vorsichtig massieren, damit sie besser durchblutet wird!

Kameras

Ab minus 20 Grad geben die meisten Fotokameras den Geist auf. Die Verschlüsse klemmen und die Elektronik funktioniert nicht mehr.

Trag die Kamera unter der Jacke, um sie warm zu halten!

Vorsicht! Ab minus 30 Grad überzieht eine dicke Frostschicht schlagartig den Apparat und das Objektiv!

Eisbären

Die zottigen Eisbären sind Raubtiere und hausen im Norden an den Ufern des Eismeeres. Sie sind gute Jäger und ernähren sich hauptsächlich von Robben, manchmal auch von Fischen. Ihr Geruchssinn ist ausgezeichnet.

Trotz ihres plumpen Aussehens sind sie gewandte Kletterer, Läufer und Schwimmer. Sie können bis zu zwei Minuten unter Wasser bleiben! Eisbären sind neugierig und kommen gerne in die Nähe von Menschen. Sie sind nicht angriffslustig, aber trotzdem gefährlich.

Mit Warnschüssen und durch das Abbrennen von Feuerwerkskörpern sind sie jedoch einfach zu vertreiben.

Hundeschlitten

Vor einen Hundeschlitten spannt man höchstens 12 Tiere. So viele kann man gerade noch kontrollieren. Pass auf, dass deine Hände nicht zu lange ungeschützt sind, wenn du die Hunde anschirrst! Du holst dir sonst ganz schnell Erfrierungen.

Die Hunde tragen ein Geschirr, an dem die Zugleinen befestigt sind. Damit sie nicht vorzeitig losrennen, wird der Schlitten mit dem Schneeanker im Boden fixiert. Wer auf einem Hundeschlitten mitfährt, sitzt nicht drin, sondern steht auf den Kufen.

Schlittenhunde

Eigenschaften: Kraft
und Ausdauer beim Laufen
und Widerstandsfähigkeit gegen Kälte. Zu den idealen Schlittenhunden zählen zum Beispiel der Husky oder der Malamute.

Schlittenhunde schlafen selbst bei eisigen Temperaturen im Freien, sie lassen sich sogar einschneien. Aber lieber liegen sie auf Stroh.

Früher fütterte man sie mit bis zu 2 Kilo Seehundfleisch pro Tag. Heutzutage gibt man Schlittenhunden spezielle, auf sie abgestimmte Nahrung.

IM DSCHUNGEL KREUCHT UND FLEUCHT ES

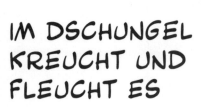

Rund um den Äquator gibt es keine Jahreszeiten. Und die Sonne geht immer zur selben Zeit auf und unter. Am Abend bricht die Dunkelheit ganz plötzlich herein – ohne Dämmerung.

Im Urwald ist die Luft so feucht wie im Badezimmer, wenn heißes Wasser in die Wanne läuft. Die Temperatur sinkt kaum unter 16 Grad.

Was zieht man im Dschungel am besten an?

➚ Leichte, strapazierfähige Kleidung, die schnell trocknet.

➚ Weite Hosen sind am angenehmsten. Man kann sie an den Knöcheln zusammenbinden, um Insekten abzuhalten.

◗ Das Hemd sollte lange Ärmel und auch einen Kragen haben. Ein Hut schützt gegen Äste und vor Insekten.

◗ Wahrscheinlich wirst du ständig durchnässt sein. Wasch deine Kleidung immer wieder mit frischem Wasser durch, damit sie nicht zu faulen beginnt!

◗ Für die Nächte reicht ein leichter Pullover.

◗ Kleidung und Schuhe kontrollieren, bevor du sie anziehst! Es könnten Schlangen oder Spinnen hineingekrochen sein.

◗ Alles, was du gerade nicht brauchst, gut wegpacken!

◗ Rucksäcke und Taschen müssen stets verschlossen werden.

◗ Lebenswichtige Dinge solltest du an einer Schnur um den Hals tragen – zum Beispiel Kompass, Pfeife, Uhr und Messer.

◗ Die Wasserflasche befestigst du am besten am Gürtel.

Deine Überlebensausrüstung

Am Gürtel solltest du außerdem folgende wichtige Dinge unterbringen – am besten in einer Metallschachtel:

◗ Sicherheitsnadeln für deine Kleidung, das Zelt oder den Schlafsack,

- eine Anglerleine, um Fische zu fangen oder um etwas festzubinden,
- Fischhaken,
- einen kleinen Kompass mit Beleuchtung,
- wasserfeste Streichhölzer,
- eine Kerze zum Feuermachen,
- eine Reflektorscheibe (stattdessen kann man auch die polierte Oberfläche einer Dose nehmen); mit dieser Scheibe kannst du zum Beispiel ein Flugzeug auf dich aufmerksam machen,
- Nadeln, Zwirn und Knöpfe,
- Vergrößerungsglas zum Entfachen eines Feuers,
- Salz,
- Kaliumpermanganat; damit kann man Wasser sterilisieren und Pilzinfektionen behandeln,

➡ antibiotische Tabletten (falls vom Tropeninstitut empfohlen),

➡ eine Plastiktüte zum Wassertragen,

➡ eine Drahtsäge,

➡ Wundpflaster,

➡ einen Bleistift.

Im Urwald übernachten

Schlaf unbedingt unter einem Moskitonetz und creme deine Haut zusätzlich mit einem Insektenschutzmittel ein. Hast du keins dabei, dann reib dich mit einer Mischung aus Schlamm und Asche ein! Stechmücken hinterlassen nämlich nicht nur juckende Stellen, sondern können auch Krankheiten wie zum Beispiel Malaria übertragen.

Am besten schläft man in einer Hängematte, in die Insekten nicht so leicht krabbeln können. Profis haben sogar ein Feuer unter der Hängematte brennen. Der Rauch vertreibt lästige Mücken. Morgens riechst du allerdings wie geräuchert.

Es gibt auch Leute, die in Astgabeln schlafen. Das schützt vor Bodenschlangen. Dieser Schlafplatz ist jedoch sehr unbequem und man muss sich festbinden, um nicht abzustürzen.

Ist man gezwungen, auf dem Boden zu übernachten, sucht man sich einen geschützten Platz, zum

Beispiel neben einem umgestürzten Baum, einer großen Wurzel oder einem Felsbrocken.

Um eine dicke Schicht aus Blättern, die als Matratze dient, wird ein breiter Streifen Asche gestreut, der zusätzlich zum Insektenspray das Ungeziefer abhält. Vorsicht! Die ameisenähnlichen Termiten sind durch den Aschestreifen nicht abzuschrecken. Dafür braucht man ein rauchendes Feuer in der Nähe des Schlafplatzes.

So schüttelt man Verfolger ab

→ Willst du im Urwald Verfolger abschütteln, flüchte auf einen Baum! Oft stehen die Bäume so dicht nebeneinander, dass du von Baum zu Baum klettern kannst. So hinterlässt du auf dem Boden keine Spuren.

→ Zündest du ein Lagerfeuer an, muss der Rauch kerzengerade aufsteigen, damit Verfolger ihn nicht erschnuppern können.

Der Wind, das Brennmaterial und viele andere Faktoren beeinflussen, ob der Rauch wie gewünscht aufsteigt. Sollte er sich kräuseln oder nach allen Seiten kriechen, ist er weithin zu riechen! Dann musst du das Feuer schnell löschen.

Fische und Krokodile

In südamerikanischen Flüssen leben Piranhas: Das sind kleine Raubfische, die in Schwärmen vor allem andere Fische jagen und ihre Beute in kürzester Zeit bis auf das Skelett abnagen.

Vorsicht an Ufern von Gewässern! Es könnte ein Stechrochen im Schlamm liegen. Trittst du darauf, saust der Schwanz des Tiers in die Höhe. Sein Giftstachel kann schwere Verwundungen verursachen.

Kaimane gehören zur Gattung der Alligatoren und leben in Südamerika, vor allem im Amazonasgebiet.

Der Hechtkaiman wird bis zu 5 Meter lang und hat 80 Zähne. Er ernährt sich hauptsächlich von Fischen, frisst aber auch Schafe, Hunde und Pferde!

Vor Krokodilen ist man im Zelt sicher. Man darf sich aber nicht ins Freie an das Ufer eines Sees oder Flusses legen. Krokodile kommen unglaublich leise heran und können blitzschnell zuschnappen.

Zitteraale leben in Süßgewässern im Nordosten Südamerikas, vor allem im Amazonasgebiet.

Diese Raubfische, die bis etwa 2,5 Meter lang werden, lähmen oder töten ihre Beute – meistens Fische – durch Stromstöße.

Elektrische Aale teilen Spannungsstöße von bis zu 500 Volt aus!

HEISSE TAGE UND EISKALTE NÄCHTE IN DER WÜSTE

In einer Wüste fallen in den meisten Jahren weniger als 200 Liter Regenwasser pro Quadratmeter (mm). Zum Vergleich: In Hamburg regnet es manchmal in einem Monat so viel! In der Zentralsahara liegt der Jahresniederschlag sogar unter 50 mm! In den Kufra-Oasen im Südosten von Libyen regnet es noch weniger. Bewässert werden sie mit fossilem Grundwasser, das iregndwann ausgehen wird.

Das Wüstenklima ist extrem: während des Tages oft glühend heiß und in der Nacht sehr kalt.

Man unterscheidet zwischen Sand-, Dünen-, Fels-, Lehm-, Salz-, Kies- und Eiswüsten.

Pflanzen und Tiere, die in Wüstengebieten leben, müssen dafür gut gerüstet sein – genauso wie Abenteurer, die sich in eine Wüste wagen!

Ausrüstung für eine Wüstenexpedition

▶ Sonnencreme

▶ Sonnenbrille: Der Lichtschutzfaktor muss hoch sein, um gegen Sonnenblindheit zu schützen.

▶ Sonnenhut: Er sollte eine helle Farbe haben, damit das Sonnenlicht reflektiert wird. In kalten Nächten wärmt er.

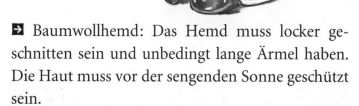

▶ Baumwollhemd: Das Hemd muss locker geschnitten sein und unbedingt lange Ärmel haben. Die Haut muss vor der sengenden Sonne geschützt sein.

▶ Baumwollhosen: Der Stoff muss fest sein, damit er Schutz gegen Wind, Sonne, Sand und Sträucher bietet. Eine luftige Hose sorgt für Kühlung.

▶ Schuhe: Sie müssen eine dicke, undurchlässige Sohle haben und so beschaffen sein, dass die Füße atmen können.

▶ Gürtel: Im Notfall – zum Beispiel bei einer stark blutenden Verletzung – kann er zum Abbinden eines Armes oder Beines verwendet werden.

➜ Jacke: Sie sollte möglichst windundurchlässig und so strapazierfähig sein, dass sie nicht leicht von Dornen aufgerissen werden kann. In der Nacht muss sie dich vor der Kälte schützen.

Im Sandsturm

Sandstürme gehören zu den extremsten Witterungsbedingungen, denen man in der Wüste ausgesetzt sein kann. Die Luft ist dann voller feiner, glitzernder Sandkörner, die in Augen, Mund, Nase und Ohren dringen. Die unerträglich hohen Temperaturen, die durch die überhitzten Körnchen entstehen, fördern die Austrocknung, was ausgesprochen gefährlich ist.

Ohne Wasser

Wenn du an einem heißen Tag morgens nackt und ohne Wasser in einer Wüste ausgesetzt wirst, bist du abends tot.

Damit sich der Körper nicht überhitzt, muss er täglich 3 bis 5 Liter Wasser ausschwitzen.

Am späten Nachmittag hätte er in so einer Extremsituation bereits mehr als 7 Liter verloren und das Blut wäre dickflüssig.

Abgesehen davon hättest du bereits schwere Verbrennungen der Haut.

Eine Reise durch eine Sandwüste

Eine Reise durch eine Sandwüste hat es in sich!

Tagsüber müssen oft 60–70 Kilometer zurückgelegt werden. Meistens gibt es nur 4–5 Stunden Schlaf.

Den Ritt auf einem Dromedar spürst du in allen Knochen. Wenn du absteigst, hast du den Eindruck, der Boden schwankt unter den Füßen.

Alles ist sandig: das Essen, das Wasser, die Schlaf-
stelle. Trittst du barfuß in den Sand, verbrennst du
dich. Der Sand hat 50 Grad und mehr!

Um den Kopf vor Sonne und Sturm zu schützen,
wickeln sich Erfahrene bis zu 5 Meter lange Schals
um den Kopf. Nur ein kleiner Sehschlitz bleibt frei.

Trägst du einen solchen Turban, hat es darunter
allerdings 50 Grad!

Im Schatten ist es „kühl", dort herrschen „nur" an
die 42 Grad.

Ab 11 Uhr vormittags wünschst du dir bereits den
Abend herbei.

Die Nächte sind hingegen eisig. Die liegenden
Kamele und abgenommenen Sättel bieten ein wenig Schutz gegen die kalten Winde.

Normalerweise sind die Nächte in der Wüste hell,
da der Sand das Mondlicht reflektiert.

Wird das Wasser statt in Trinkflaschen in Ziegen-
lederschläuchen transportiert, die gewöhnlich an
die Packsättel der Kamele gehängt werden, ist es
braun und schmeckt bitter.

Unter Steinen findet man oft Skorpione. Auch
Schlangen sind nicht selten.

Wird der Himmel grau, sind gefährliche Sandstürme im Anzug.

Oasen

Wo Quellen an die Wüstenoberfläche treten, bilden sich Oasen. Sie sind wie grüne Inseln in einem Meer aus Sand und Steinen.

Plötzlich stehst du an einem See, der von Dattelpalmen umgeben ist.

Hier ist es möglich, die leeren Wasserschläuche aufzufüllen und die Kamele zu tränken.

Kamele

Kamele kommen in der Wüste gut zurecht. Mit ihren Sohlenballen sinken sie nur wenig in den Sand ein. Sie tragen den Kopf so hoch, dass sie Sandstürme, die flach über den Boden dahinfegen, überragen. Ihre langen Wimpern schützen ihre Augen und ihre Nasenlöcher sind verschließbar.

Ihre Rückenhöcker dienen als Fettspeicher, vermutlich auch als Schutz gegen die Sonnenstrahlung. Und in ihrer Magenwand sind große Zellen zur Wasserspeicherung.

Kamele schwitzen erst, wenn die Körpertemperatur über 46 Grad steigt. Wenn sie lange nichts getrunken haben, sehen sie richtig ausgedörrt aus. Kommen sie endlich zu einer Wasserstelle, trinken sie bis zu 200 Liter Wasser!

Gute Karawanenführer sprechen mit ihren Kamelen. Sie müssen sie genau kennen, um einschätzen zu können, wie lange man sie marschieren lassen darf.

Skorpione und Schlangen
Es ist erwiesen, dass viele Leute nach einem Biss nicht am Gift dieser Tiere sterben, sondern an Herzversagen aufgrund des Angstschocks!

Skorpione
In der Sahara leben etwa 20 verschiedene Skorpionarten. Skorpione kommen nur in der Nacht aus ihren Verstecken. Sie stechen, wenn sie sich bedroht fühlen.

Viele Skorpionarten sind gefährlich. Ihr Gift ruft beim Menschen Fieber und Lähmungen hervor.

Besonders giftige Arten gibt es in den Tropen. Zu erkennen sind sie an dunkleren Scherenspitzen und einem dunklen Schwanzende, während der Rest ihres Körpers hell ist.

Nicht immer geben Skorpione beim Stechen Gift ab, da ihre Giftblase manchmal leer ist. Es dauert nämlich bis zu 4 Wochen, bis sie sich wieder gefüllt hat.

Schlangen
In der Sahara leben zwei gefährliche Vipernarten: die Horn- und die Sandviper.

Hornviper
Sie wird ungefähr 60 Zentimeter lang und wirkt plump und kurz. Ihr Kopf ist dreieckig. Die Pupillen stehen senkrecht und über den Augen kann man zwei kleine Hörner erkennen. Sie vergräbt sich im Sand und wartet so versteckt auf Beute.

Sandviper

Auch sie ist klein, aber schlank. Ihr Körper ist gelblich bis rosafarben und sie hat keine Augenhörner. Die Pupillen stehen schräg.

Auf diese Schlangen triffst du am ehesten von Anfang April bis Ende Oktober während der Abenddämmerung und in den ersten Nachtstunden. Tagsüber liegen sie unter Steinen, im Sand eingegraben, in verlassenen Nagetierbauten oder unter Baum- und Strauchwurzeln.

Sie schlängeln sich nicht dahin, sondern bewegen sich seitlich rutschend fort. Ihre Spur ist daher eine breite Bahn aus Linien.

Diese Vipern sind sehr schnell. Und sie ergreifen die Flucht, wenn sich ein Mensch nähert.

Vorsichtsmaßnahmen

➜ Immer fest auftreten! Durch die Erschütterung des Bodens werden die Schlangen gewarnt und können sich verziehen. Betritt man jedoch ihr Revier (rund 3–5 Meter um ihr Versteck), greifen sie blitzschnell an und beißen. Sie verfolgen einen Menschen aber nicht!

➜ In Gegenden, in denen Sand- und Hornvipern vorkommen, nie von Felsen herunterspringen! Du könntest im Gebiet einer Viper landen. Niemals direkt bei Büschen oder Bäumen sitzen!

➜ Beim Sammeln von Feuerholz feste Schuhe und Handschuhe anziehen!

Hilfe, gebissen!

Der Biss der Sand- und Hornvipern ist lebensgefährlich. Nur ein Gegengift kann helfen.

Wenn jemand gebissen wird, muss man ihn beruhigen und dafür sorgen, dass er sich nicht bewegt. So verbreitet sich das Gift langsamer im Körper.

Der gebissene Körperteil – meistens ein Arm oder ein Bein – muss tief gelagert und oberhalb der Bisswunde abgebunden werden.

Erfahrene Karawanenführer haben stets ein Gegengift dabei, das sofort gespritzt wird und lebensrettend ist.

Mit dem Jeep durch die Wüste

Wer mit dem Jeep durch die Wüste fährt, kommt manchmal in unwegsames Gelände. Der Boden ist holprig und es besteht die Gefahr einzusinken.

In diesem Fall lässt man Luft aus den Reifen, damit das Fahrzeug breiter aufliegt. Die flachen Reifen wirken wie Schneeschuhe. Sie vermindern das Risiko des Einsinkens.

Hat man zu viel Gepäck mit, muss man alles Entbehrliche abladen. „Lieber arm und lebendig als reich und tot!", lautet ein altes Beduinensprichwort.

GEFAHREN UND SCHÄTZE UNTER WASSER

Steinseeigel
Häufigster Seeigel im Atlantik und Mittelmeer, setzt sich in Kalk- oder Sandsteinfelsen fest. Die gute Nachricht: Seine Stacheln sind ungiftig. Die schlechte Nachricht: Trittst du barfuß auf einen Seeigel, brechen die Stacheln ab und bleiben in deiner Sohle stecken, was ziemlich wehtut. Mit einer Nadel, die man vorher über einer Flamme gereinigt hat, und einer Pinzette können sie mit viel Geduld entfernt werden. Desinfizieren nicht vergessen!

Petermännchen
Bis zu 50 cm langer Fisch im Küstenbereich des Mittelmeers und des europäischen Atlantiks. Das Petermännchen gräbt sich bis auf die Augen im Sand

ein. Trittst du nun auf eines oder knapp daneben, flüchtet dieser Fisch nicht. Er greift an! Die Flossenstacheln sind mit Giftdrüsen verbunden, die ein starkes Herz- und Nervengift absondern.

Das Gift kann neben starken Schmerzen auch Lähmungserscheinungen, Atemnot und Bewusstlosigkeit hervorrufen.

Erste Hilfe: Die Stichwunden ausgiebig und so heiß wie möglich mit Wasser spülen und mit Salmiakgeist beträufeln. Einen Arzt aufsuchen!

Übrigens ist dieser Fisch in Frankreich eine Delikatesse.

Riesenmuscheln

Leben im Indischen und Pazifischen Ozean – entweder im Sand oder an Korallenriffen.

Am bekanntesten ist die bis zu 500 Kilo schwere Mördermuschel, die sich in den Sand eingräbt und auch dem Menschen gefährlich werden kann.

Gerät man zum Beispiel mit einem Bein zwischen die sich schließenden Schalenklappen, kann man sich nur durch das Zerschneiden ihres mächtigen Schließmuskels befreien!

Weißt du übrigens, dass Muscheln keinen Kopf haben und dass es rund 8000 verschiedene Muschelarten gibt?

Zitterrochen

Kommen in warmen Meeren vor. Wenn sie angegriffen werden, teilen sie elektrische Schläge aus! Organe an den Seiten des Kopfes und des Vorderkörpers können eine Spannung von über 200 Volt erzeugen!

Muränen

Leben vor allem an den Felsküsten der tropischen und subtropischen Meere und werden zum Teil über 3 Meter lang. Diese Raubfische haben ein großes Maul und ihre Bisse sind giftig. Daher werden sie von den Fischern sehr gefürchtet.

Unter Wasser niemals Felswände mit der Hand abtasten! Profis nehmen einen Stock oder eine Harpune mit und halten so einen Sicherheitsabstand ein.

Barrakudas

Barrakudas – oder auch Pfeilhechte genannt – können an die 1,8 Meter lang werden. Der Kopf mit der spitzen Schnauze, dem vorstehenden Unterkiefer und den großen Zähnen ist auffallend gestreckt.

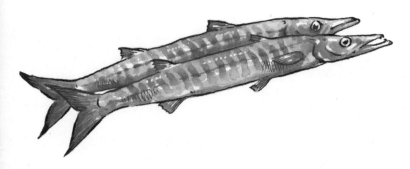

Pfeilhechte kommen in tropischen Meeren, im östlichen Atlantik, im Mittelmeer und im westlichen Atlantik vor.

Kleinere Fische verschlucken die Barrakudas im Ganzen, größere Opfer reißen sie mit ihrem scharfen Gebiss in Stücke.

Barrakudas greifen Menschen nicht an – und wenn, dann aus Versehen.

Wenn Pfeilhechte einen Menschen anfallen, dann meist, weil ihr Sehvermögen durch eine Trübung des Wassers beeinträchtigt ist.

Gefährlich können glitzernde Gegenstände wie Uhren oder Schmuck werden. Barrakudas halten sie für das Glänzen von Fischschuppen.

Haie

Nur wenige Haifischarten werden dem Menschen gefährlich: zum Beispiel der Blauhai und der Weiße Hai. Haie werden von Blut angelockt. Nie Küchenabfälle oder Fischreste ins Wasser werfen, wenn du an diesen Stellen tauchen möchtest!

Haie greifen einzelne Taucher oder Schwimmer eher an als eine Gruppe.

Tauchen Haie auf, nicht wild herumplantschen und ständig die Richtung ändern!

So schwer es auch fällt, man muss einem Hai zei-

gen, dass man keine Angst hat. Deshalb gib dich stark: Schrei unter Wasser und schlag mit der flachen Hand mehrmals auf die Wasseroberfläche!

Haifische lassen sich manchmal durch Lärm abschrecken.

Kommt ein Hai doch näher heran, verpass ihm einen Schlag auf die Schnauze oder die empfindlichen Augen!

Seepferdchen

Seepferdchen leben im Mittelmeer sowie an der atlantischen Küste.

Diese Meeresfischchen, deren Kopfform an ein Pferd erinnert, können ihre Farbe der jeweiligen

Umgebung anpassen. Eine weitere Besonderheit: Das Männchen trägt die Eier in einer Hauttasche, bis die Jungfische ausschlüpfen.

Kugelfische

Diese oftmals bunten Korallenfische – es gibt davon rund 90 Arten – leben in warmen Meeren. Durch Luft- oder Wasseraufnahme in einen Luftsack können sie sich kugelig aufblasen und verschrecken dadurch manche Raubfische. Aus ihnen werden in Japan sehr teure Fischgerichte zubereitet. Dabei muss man allerdings ganz schön aufpassen: Gallenblase, Leber und Darm enthalten ein gefährliches Gift!

Quallen

Kommt man mit gewissen Quallen, zum Beispiel mit der Nesselqualle, in Berührung, kann das recht schmerzhaft sein: Hautjucken und -brennen, Hautrötungen und -schwellungen trüben oft das Badevergnügen.

Eine australische Würfelquallenart soll sogar schwere Brandwunden mit tödlichem Ausgang verursachen!

Kegelschnecken

Diese Schnecken gehören zu den Giftschnecken, die auch für den Menschen gefährlich werden können. Im Mittelmeer kommt nur eine harmlose Art der Kegelschnecken vor.

Schatztaucher

In den vergangenen 3000 Jahren sind ungefähr eine Million Schiffe gesunken. Mit ihnen gingen Kostbarkeiten von unschätzbarem Wert unter. Wer danach taucht, kann reich werden oder aber einen Albtraum erleben …

Wo gibt es eigentlich noch Schätze?

Besonders viele Schätze vermutet man in der Karibik, in den Riffen der Bahamas und an der Küste

Floridas. Die spanischen Eroberer schickten vor mehr als 350 Jahren ganze Flotten mit Gold und Silber beladener Schiffe von Amerika in die Heimat. Und viele dieser Schiffe sanken.

1985 fand ein Profischatztaucher nach 16 Jahren Suche 50 000 Kilogramm Silber, 5000 Smaragde und viele Truhen voller Goldmünzen, -teller und -ketten!

Zwischen Dänemark und der Insel Rügen liegen die Wracks von mehr als 300 Wikingerschiffen und von verschiedenen Handelsflotten. Im Südwesten Großbritanniens gibt es einen sogenannten Schiffsfriedhof. 2000 Schiffe sind dort gesunken!

Vor der Küste Sumatras ging im Jahre 1511 ein

Schiff mit den geraubten Schätzen des Sultans von Malakka unter – mit ihm ein goldener Esstisch und sechs goldene Löwen, deren Augen und Krallen mit Rubinen verziert waren.

In derselben Gegend fand ein englischer Schatzsucher 125 Goldbarren und 150 000 Stück feinstes chinesisches Porzellan.

Schatztauchen wird für viele zur Sucht. Die Suchenden wollen reich werden und dafür ist ihnen kein Opfer zu groß.

Abgesehen von den Gefahren, die beim Tauchen lauern, riskiert man auch finanziell einiges. Schatzsuchen sind nämlich nicht billig. Viele Taucher geben ihr gesamtes Erspartes aus, um womöglich nur ein paar lausige Goldmünzen aufzuspüren.

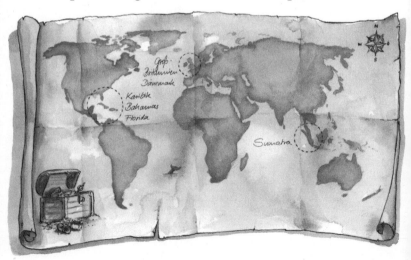

Wie suchen Schatzsucher nach versunkenen Schiffen?

Früher mussten sie an den entsprechenden Stellen tauchen und nachsehen. Diese Arbeit war sehr langwierig, anstrengend und vor allem kostspielig.

Heute tastet man mithilfe von Radargeräten den Meeresboden ab. So kann man feststellen, wo sich die Suche lohnt.

PROFITIPPS FÜR ABENTEUER IN DER HEIMAT UND AUF REISEN

Was tun, wenn du deinen Kompass verloren hast?

Hier einige Tricks, wie du ohne Kompass die Himmelsrichtungen feststellen kannst.

Polarstern

Der Polarstern steht in der Nacht genau im Norden und du kannst ihn einfach finden.

Zunächst suchst du das Sternbild des Großen Wagens. Die Linie zwischen den beiden Sternen, die die hintere Kastenwand bilden, deutet direkt zum Polarstern. Verlängere nun den Abstand zwischen diesen beiden Sternen um das Vierfache, dann hast du den Polarstern im Visier. Er gehört übrigens zum Sternbild Kleiner Wagen.

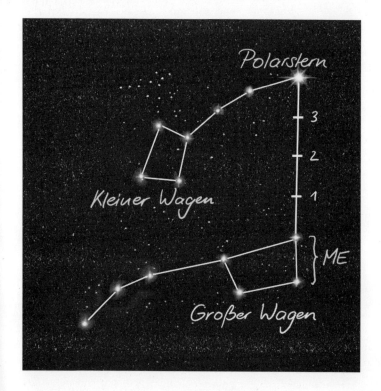

Schatten

Auf einem ganz ebenen Untergrund steckst du einen ein Meter langen Stock senkrecht in die Erde und markierst mit einem Stein die Schattenspitze.

Warte 15 Minuten und markiere dann auf derselben Höhe die Stelle, auf die der Schatten jetzt fällt. Verbindest du die beiden Punkte, weißt du, wo Osten und Westen sind. Im rechten Winkel dazu liegen Süden und Norden.

227

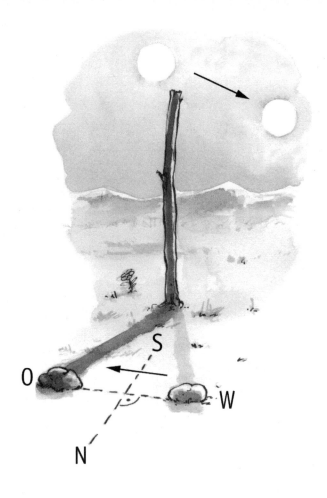

Uhr
Halte die Uhr parallel zum Boden und dreh sie so lange, bis der Stundenzeiger zur Sonne zeigt. Halbiere die Strecke zwischen Stundenzeiger und 12.00 Uhr, dann weißt du, wo Süden liegt.

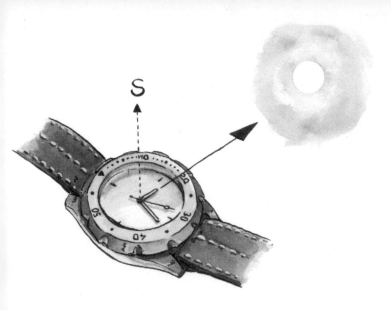

Achtung! Am Vormittag musst du im Uhrzeigersinn und am Nachmittag gegen den Uhrzeigersinn halbieren!

Sonne
Die Sonne zeigt die Himmelsrichtungen zu bestimmten Zeiten sehr genau an. An ihr kannst du dich gut orientieren.

Morgens zwischen 6.00 Uhr und 6.30 Uhr steht sie im Osten, mittags zwischen 12.00 Uhr und 12.30 Uhr im Süden, abends zwischen 18.00 Uhr und 18.30 Uhr im Westen.

Zu Frühlings- und Herbstbeginn geht die Sonne genau im Osten auf und exakt im Westen unter.

Der Nadel-Kompass

Reib eine Nähnadel einige Male immer in einer Richtung gegen ein Stück echte Seide. So wird sie magnetisch.

Verwendest du statt Seide einen Magneten, funktioniert es noch besser: Streich die Nadel sanft über den Magneten, von einem Ende zum anderen und immer nur in eine Richtung!

Dann umschlingst du die Nadel in der Mitte mit einem rund 30 cm langen Faden und verknotest diesen. Achte darauf, dass die Nadel beim Hängen nicht die Balance verliert!

Sie wird nun mit der Spitze, in deren Richtung du gestrichen hast, nach Norden zeigen.

Vorsicht! Die Nadel darf durch den Faden nicht in eine Richtung gezwungen werden!

Du kannst die magnetisierte Nadel auch mithilfe eines Stück Papiers auf eine glatte Wasseroberfläche legen. Auch dann wird sie sich nach Norden drehen.

Bäume und Sträucher

➡ In unseren Breiten sind Baumstämme vor allem auf der Westseite mit Moos bewachsen. Von dort kommt nämlich am häufigsten feuchtes, schlechtes Wetter.

➡ Hat ein Baum auf einer Seite längere Äste, zeigen

sie höchstwahrscheinlich nach Osten. Die Äste auf der Wetterseite, also im Westen, sind kürzer.

▶ Allein stehende Bäume neigen sich meist nach Osten.

▶ Im Winter ist die Wetterseite der Bäume oft mit Schnee angeweht.

▶ Schau dir den Strunk eines gefällten Baumes an! Die Jahresringe liegen an der Wetterseite meist enger beieinander als auf der anderen Seite.

▶ Allein stehende Sträucher und hohe Grasbüschel neigen sich wegen starker Westwinde auch meistens nach Osten.

Diese Orientierungshinweise sind nicht immer gültig. Sie können zur Not aber wichtige Hilfen sein!

Wie weit ist ein Gewitter entfernt?

Zähle nach einem Blitz langsam von 1 aufwärts, bis du den Donner hörst. Teile diese Zahl dann durch drei! Jetzt weißt du, wie viele Kilometer das Gewitter von dir entfernt ist.

Beispiel: Du bist bis 18 gekommen. 18 dividiert durch drei ergibt sechs. Das Gewitter ist also sechs Kilometer entfernt.

Wie wird das Wetter?

Du kannst an vielen Zeichen sehen, wie das Wetter wird. Bei Abenteuern wird das sehr hilfreich sein.

➤ Wenn der Rauch eines Lagerfeuers, eines Kamins oder eines Schornsteins senkrecht emporsteigt und sich sofort verzieht, wird das Wetter schön. Wenn der Rauch lange in der Luft stehen bleibt, wird es feucht und regnerisch.

➤ Kräuselt sich der Rauch, ist mit Schlechtwetter zu rechnen.

➤ Ein Gewitter naht, wenn Hähne zu ungewohnter Stunde krähen und Enten laut schnattern und mit den Flügeln auf das Wasser schlagen.

➤ Das Netz einer Spinne ist ein besonders gutes Barometer. Wenn Regen droht, kürzt die Spinne die Fäden, an denen ihr Netz befestigt ist, und verharrt dann regungslos. Wenn sie die letzten Fäden gemächlich verlängert, wird das Wetter sicher schön. Arbeitet die Spinne während des Regens ungestört an ihrem Netz weiter, wird sehr bald die Sonne hervorkommen.

➤ Schlechtes Wetter kündigt sich an, wenn die Schwalben tief fliegen. Fliegen die Schwalben hoch, wird oder bleibt das Wetter gut.

➤ Quaken Frösche am Abend, wird das Wetter schön. Quaken Frösche auch am Tag, wird es bald regnen.

➡ Wenn bei schönem Wetter der Kondensstreifen eines Flugzeuges lange am Himmel sichtbar bleibt, kann das Wetter bald umschlagen. Vergiss also nicht, dein Regenzeug mitzunehmen! Löst sich der Kondensstreifen jedoch schnell auf, hält das gute Wetter.

➡ Wenn eine Nachtigall die ganze Nacht hindurch singt, wird das Wetter schön.

➡ Ein tiefgelber Sonnenuntergang verheißt Wind. Ein hellgelber hingegen kündigt Regen an. Abendrot verspricht für den nächsten Tag meistens schönes Wetter.

➡ Springende Fische weisen häufig auf schlechtes Wetter hin.

➡ Klingen ferne Geräusche plötzlich ganz nah, wird es bald regnen.

➡ Riechen Pflanzen und Blumen intensiver als gewöhnlich, kann das Regen bedeuten.

➡ Ein Regenbogen gegen Abend kündigt gutes Wetter an.

➡ Starkes Funkeln der Sterne lässt oft das Nahen eines Unwetters erwarten.

➡ Öffnen Löwenzähne auch am Tag ihre Blüten nicht, bedeutet dies Schlechtwetter.

➡ Maulwürfe werfen hohe Haufen auf: schlechtes Wetter in Sicht!

➜ Scheinen Berge näher zu sein als sonst, kommt schlechtes Wetter.

➜ Fressen Kühe besonders gierig, ist Schlechtwetter im Anzug.

➜ Wenn Kaninchen oder Eichhörnchen ungewöhnlich fleißig sind, bedeutet dies meistens, dass Schlechtwetter naht.

➜ Kommt das Wild von den Bergen herab und sucht in niedrigeren Regionen Schutz, wird sich das Wetter verschlechtern.

➜ Pinienzapfen sind bei trockenem Wetter offen, bei feuchtem Wetter geschlossen.

Was Wolken bedeuten
Schäfchenwolken: meistens ein Zeichen für schönes Wetter.

Kumuluswolken (Haufenwolken): Liegen sie weit auseinander, bleibt das Wetter schön. Werden sie größer und bauchiger, können sie Regenschauer ankündigen.

Zirruswolken: Federwolken, die nur bei schönem Wetter zu sehen sind. Sie bestehen aus Eiskristallen.

Lang gezogene Federwolken zeigen an, dass es windig wird und eine Änderung der Wetterlage zu erwarten ist.

Stratokumuluswolken: Mit leichten Schauern ist zu rechnen, aber meist lösen sich die Wolken auf und die Nacht wird klar.

Gewitterwolken: dunkel, grau, oft hoch aufragend. Diese Wolken bringen Hagel, Donner, Blitz und Sturm.

Wasserfilter- und Kläranlage

Nimm einen Behälter (zum Beispiel eine hohe Dose oder einen Eimer), bohre ein Loch in den Boden oder sorge für einen kleinen Auslauf an der Seite! Dann füllst du diesen Behälter mit folgenden Materialien:

- einer dicken Kiesschicht,
- einer dreimal so dicken Sandschicht,
- einem sauberen Baumwolltuch,
- wieder mit einer Kiesschicht,
- einer dreimal so dicken Sandschicht,
- einer Kiesschicht
- und zum Abschluss mit einem weiteren sauberen Baumwolltuch. Unter das Loch des Behälters oder vor den Auslauf stellst du ein Glas.

Nun ist deine Kläranlage einsatzbereit! Gieß langsam stark verschmutztes Wasser in die Kläranlage. Das Wasser sickert durch alle Schichten und kommt gut gereinigt unten heraus. Es muss aber vor dem Trinken unbedingt abgekocht werden!

Wasser finden, wo es keine Wasserquelle gibt

➡ Trinken kann man auch Tau. Er bildet sich, wenn der Temperaturunterschied zwischen Tag und Nacht hoch ist.

Um ihn am Morgen aufzufangen, breite auf einer Wiese ein großes Stück Plastikfolie, eine der superdünnen Aluliegedecken oder deine Regenjacke aus. Leg sie so hin, dass sich der Tau in der Mitte sammelt und in einer Art Rinne zu einem Behälter geleitet wird.

➡ Lass glatt polierte Metallgegenstände über Nacht draußen stehen, zum Beispiel eine Metallschale. Ganz in der Früh saugst du den gesammelten Tau mit einem Schwamm auf und dann kannst du dich zum Beispiel damit waschen.

➡ Abenteurer sammeln Tau auch von großen Blättern und Steinen. Binde dir Stoffstreifen um die Fußgelenke und geh damit durch eine taunasse Wiese! Danach kannst du die Tücher auswringen und hast Wasser gewonnen.

Schnee und Eis

Man kann natürlich auch Schnee schmelzen, um Wasser zu gewinnen. Das Schmelzen von 20 Litern Schnee dauert auf einer normalen Flamme im

Freien ungefähr 45 Minuten. Um das Wasser zum Kochen zu bringen, braucht man eine weitere halbe Stunde.

→ Gib Schneebälle in einen dichten Plastikbeutel, den du gut verschlossen auf einen dunklen Mantel oder dunkles Papier legst. Sorge dafür, dass der Beutel viel Sonne abbekommt und schon bald hast du Wasser in der Tüte!

→ Fertige aus schwarzem Plastik, zum Beispiel aus einem Müllsack, eine Art Rutsche. Ihr unteres Ende muss einen Abfluss bilden. Gib nun Schnee in die Rutsche und stell ein Gefäß darunter. Auch in der Wintersonne wird der Schnee schmelzen und das Wasser in das Gefäß fließen.

Wasser aus dem Erdboden

Stell dir vor, du bist in der totalen Wildnis! Du brauchst Wasser, aber es gibt weder eine Quelle noch einen Bach oder einen See. Bau eine Anlage, um Wasser zu gewinnen! Das geht so:

◆ Grab ein trichterförmiges Loch in den Boden, am besten auf einer sonnigen Wiese. Die Erde muss allerdings etwas feucht sein.

◆ Stell ein Glas in die Mitte des Trichters!

◆ Über die Öffnung legst du ein Stück Plastikfolie (mindestens 1x1 Meter) und beschwerst sie mit Steinen. Die Plastikfolie muss in den Trichter hängen, darf die Wände aber nicht berühren. In die Mitte der Folie, genau über das Glas, kommt ein kleiner Stein. Nach einigen Stunden wird sich im Glas Wasser angesammelt haben. Die Feuchtigkeit ist aus der Erde aufgestiegen, hat an der Plastikfolie kondensiert und die Wassertropfen sind an ihr entlang ins Glas geronnen.

Verschmutztes Wasser reinigen

In einem trichterförmigen Erdloch kannst du auch aus total verschmutztem Wasser sauberes gewinnen.

Stell einen Behälter mit Abwaschwasser in den Trichter, den du wieder mit einer Plastikfolie bedeckst.

Die Folie wird das verdunstende Wasser auffangen und in das Glas leiten.

Dieses Wasser schmeckt zwar sehr fad, aber es ist sauber! Abkochen ist trotzdem ratsam.

Kochst du verschmutztes Wasser ab, kannst du aus dem dabei entstehenden Dampf sauberes Wasser gewinnen! Breite ein gereinigtes Baumwolltuch über den Topf und der Dampf fängt sich darin. Dann wringst du das Tuch aus. Pass auf, dass das Tuch beim Kochen kein Feuer fängt!

Wasser aus Pflanzen

1. Test

Leg Pflanzen, Blätter oder ganze Zweige in eine Plastiktüte und blas diese leicht auf! Gut zuschnüren und in die Sonne legen. In der Tüte wird sich nun durch die Kondensation Wasser ansammeln.

2. Test

Stülpe Plastikbeutel über Zweige, an denen viele Blätter sind, und binde sie gut ab. Die Feuchtigkeit, die der Baum abgibt, wird an der Innenseite der Tüte kondensieren und es bildet sich Wasser.

Pflanzen sammeln Wasser

Diese beiden Pflanzen speichern in ihren Blüten oder in Hohlräumen zwischen Stamm und Blättern Wasser.

Kannenpflanze

Baum der Reisenden

Dort, wo die Blattstängel aus dem Stamm wachsen, sammelt sich Wasser. In manchen Pflanzen sind es bis zu 2 Liter!

Wasser aus Kakteen
Achtung! Der Saft mancher Kakteen ist sehr giftig.

Gib acht, wenn du dich einem Kaktus näherst! Gefährlicher als die harten Stacheln sind die besonders dünnen, haarähnlichen. Sie sind schwer zu entfernen und können schlimme Entzündungen verursachen.

Aus dem Kugelkaktus kann man Wasser gewinnen. Allerdings ist es ziemlich schwierig, ihn zu öffnen. Man 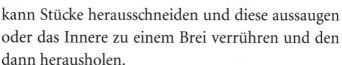 kann Stücke herausschneiden und diese aussaugen oder das Innere zu einem Brei verrühren und den dann herausholen.

Dieser Saft schmeckt manchmal wie Wasser, manchmal sehr bitter.

Welche Tiere können dich zu einer Wasserstelle führen?
➲ Grasende Tiere wie Kühe, Schafe, aber auch Rehe und anderes Wild sind normalerweise nie weit von einer Wasserstelle entfernt, weil sie morgens

und abends trinken müssen. Das gilt auch für Körnerfresser wie Tauben und Finken.

➡ Fleischfresser halten es länger ohne Wasser aus, weil sie mit ihrer Nahrung genügend Flüssigkeit zu sich nehmen.

➡ Schlangen und Eidechsen helfen einem bei der Suche nach Wasser nicht weiter.

➡ Fliegen entfernen sich meistens nicht weiter als 90 Meter von einer Wasserstelle.

➡ Auch Ameisen brauchen Wasser. Verfolge ihre Straßen! Oft führen sie zu Wasservorräten, die sich in Baumgabeln gebildet haben.

➡ Bienen entfernen sich üblicherweise nicht mehr als sechs Kilometer von ihrem Stock. In diesem Bereich muss es also Wasser geben.

Essbare Pflanzen

1 Sauerampfer   2 Löwenzahn   3 Schilfrohr
4 Kieferzapfen 5 Bärlauch   6 Brennnessel

Sauerampfer: Nur junge Blätter verwenden! Sie schmecken etwas scharf. Wenn man sie kocht, verlieren sie den scharfen Geschmack.

Löwenzahn: Seine jungen Blätter kann man roh als Salat essen. Aus seinen gerösteten Wurzeln wurde früher Kaffee gemacht.

Schilfrohr: Daraus lässt sich ein zuckriger Saft gewinnen. Die Wurzeln kann man kochen und essen.

Kiefernzapfen: Nicht die Zapfen sind genießbar, sondern die Samen, die sie enthalten. Zapfen erhitzen, damit die Samen herausfallen! Dann rösten.

Bärlauch: Diese Pflanze riecht stark nach Knoblauch. Sehr gut als Suppe oder Brotaufstrich.

Brennnessel: Junge Pflanzen nehmen. Sie haben wenige Brennhaare. Kochen! Ergibt eine Art Spinat.

Rinde: Im Frühling kann man die Rinde einiger Bäume essen, zum Beispiel die der Birke, des Ahorns, der Fichte und der Kiefer. Die dünne, junge Rinde zwischen der harten Außenrinde und dem Stamm ist nahrhaft, aber schwer verdaulich. Abenteurer kochen sie zu einer schleimigen Masse.

Seetang: Es gibt einige essbare Seetangarten. Zum Beispiel den Meersalat, den Danntang, den Zuckertang (seine jungen Wedel schmecken süß) und den Knorpeltang. Doch nur Experten können diese Tangarten erkennen! Seetang hat viele Vitamine, muss aber vor dem Essen gekocht werden.

Iss keine Pflanze, über die du nicht Bescheid weißt! Es gibt mehr giftige Pflanzen, als man denkt.

Insekten kann man essen!

Im alten Rom und im alten Griechenland waren Zikaden und Holzwürmer sehr beliebt. Es soll Holzwurmkuchen und Zikadenbrei gegeben haben.

Aber auch in unserer Gegend kam bis vor ungefähr 100 Jahren noch manchmal Maikäfersuppe auf den Tisch.

In Japan und China gelten Skorpione und Heuschrecken als Leckerbissen.

Besonders gut soll folgende Speise schmecken: Die Puppen der Seidenraupe werden wie ein Schnitzel gebacken und mit Salz, Pfeffer und ein wenig Essig gewürzt.

In Ägypten – wo früher der Mistkäfer als heilig galt – wird er heute als saftiger Snack geschätzt.

Wenn man in Kolumbien ins Kino geht, werden einem manchmal statt Popcorn geröstete Ameisen angeboten.

Wie schmecken Insekten?

Die Hottentotten im südlichen Afrika essen besonders gerne geröstete Larven eines Falters, die wie Mandeln schmecken.

Heuschrecken, die übrigens in 65 Ländern der Welt verspeist werden, erinnern geröstet an Krabbenfleisch.

Ein Menü aus Insekten

In einem Restaurant in Deutschland fand vor einiger Zeit ein großes Insektenessen statt.

Ein Gast berichtet: „Zuerst gab es Mehlwürmer und Grashüpfer in Aspik. Ich finde, es hat nach gar nichts geschmeckt. Danach bekamen wir Ravioli, die mit Wasserkäfern gefüllt waren, und dazu eine Soße aus Tomaten und Fliegenlarven. Mich hat das an Haarshampoo erinnert. Ein Reisgericht mit Insekten hat schrecklich im Mund und im Hals gekratzt. Am besten fand ich Heuschrecken in weißer Schokolade!"

Also doch igitt? Nein, der Fehler bei diesem Insektenmenü lag beim Koch. Er hatte keine Ahnung, wie man Insekten gut zubereitet und hat nicht einmal gekostet! Bei uns gibt es genügend Fleisch. Aus diesem Grund werden keine Insekten mehr gegessen. Dass wir diese Tiere ekelig finden, beruht auf einem Vorurteil. Denk an kleine Kinder, die sie ohne Weiteres essen, weil sie noch nicht gehört haben, dass Insekten angeblich grausig sind.

Und eines darf man nicht vergessen: Insekten haben schon einige Abenteurer vor dem Verhungern gerettet!

Feuer machen
Ein Lagerfeuer gehört zu Abenteuern einfach dazu. Es ist auf langen Wanderungen und Touren wichtig, um sich zu wärmen und Essen zu grillen oder zu kochen.

Piloten lernen in ihrer Ausbildung, nach einer Notlandung oder einem Flugzeugabsturz sofort ein Feuer anzuzünden, denn Feuer gibt Sicherheit und beruhigt.

Für die Errichtung von Lagerfeuern gibt es aber wichtige Regeln, die du kennen und unbedingt einhalten musst!

Feuerholz

Nicht jede Holzart brennt gleich gut. Manche Hölzer lassen sich leicht anzünden, brennen aber schnell ab. Andere wieder sind schwer entflammbar, brennen jedoch lange. Manche brennen heißer, andere sogar, wenn sie feucht sind.

Für ein Lagerfeuer brauchst du immer zwei Holzarten: Holz, um das Feuer zu entfachen, und Brennholz.

Zum Anzünden eignen sich trockenes Laub und Moos, am besten nimmt man jedoch Birkenrinde. Dann verwendet man vorzugshalber dünne, trockene Zweige von Kiefern, Fichten oder Lärchen.

Das beste Brennholz bieten Hartholzbäume. Harthölzer brennen meist gleichmäßig und geben eine länger anhaltende Wärme ab. Zum Kochen ist das genau richtig.

Gut fürs Lagerfeuer

Eiche: Dieses Holz brennt lange und heiß. Vorsicht! Der Rauch kann im Hals kratzen.

Birke: Sie brennt sehr heiß, auch wenn das Holz noch feucht ist.

Stechpalme: Das Holz muss sehr gut getrocknet sein. Palmenholz kann man nur auf ein bereits starkes Feuer legen, sonst brennt es nicht.

Ahorn: Es brennt gut, gibt viel Wärme ab.

Hainbuche: Sie brennt lange und heiß.

Esche: Das ist eines der besten Hölzer für Lagerfeuer. Brennt sogar nass und lässt sich schnell anzünden!

Weißdorn: Es brennt lange und heiß. Auch wenn das Holz noch grün ist, kann man es verwenden.

Nicht geeignete Holzarten

Rosskastanie: Dieses Holz gibt keine Wärme ab.

Edelkastanie: Es gibt keine Wärme ab, qualmt stark und ist schwer entzündbar.

Ulme: Es qualmt schrecklich, wenn es nicht völlig trocken ist.

Linde: Das Holz ist schwierig zu entzünden.

Holunder: Vorsicht! Der Rauch ist bitter und das Holz entwickelt keine Hitze.

Weide: Das Holz gibt sehr wenig Hitze ab.

Immer nur trockenes Holz verwenden! Grünes und feuchtes Holz brennt schwer und kann vor allem leicht „schießen": Das Wasser im Holz explodiert und es sprühen Funken.

Wichtige Regeln

➡ Lagerfeuer niemals in der Nähe von Bäumen entzünden!

➡ Keine Lagerfeuer auf vertrockneten Wiesen! Höchste Gefahr von Flächenbränden.

➡ Vor dem Anzünden alle brennbaren Sachen aus der Nähe des Lagerfeuers entfernen (Blätter, trockenes Gras, herumliegende Zweige)!

➡ Jedes Lagerfeuer immer mit Steinen begrenzen! Am besten eine flache Grube ausheben und als Feuerstelle verwenden.

So bleiben Streichhölzer trocken

Vor Beginn eines Abenteuers werden Streichholzköpfe in flüssiges Wachs getaucht oder mit Wachs betropft. Nach dem Abkühlen wickelt man die Streichhölzer in Alufolie. Nun sind sie vor Feuchtigkeit gut geschützt.

Vor dem Anzünden erst das Wachs vom Kopf abschaben.

Es gibt Sturmstreichhölzer. Sie brennen sogar bei starkem Wind.

Feuer machen ohne Zündhölzer und Feuerzeug

Nimm leicht brennbares Material (getrocknetes Moos, Heu, Birkenrinde, Holzspäne), bündle mit einer Lupe das Sonnenlicht zu einem kleinen, heißen leuchtenden Punkt und richte diesen auf das Brennmaterial! Mit ein wenig Geduld wird bald eine dünne Rauchfahne aufsteigen und das Material wird Feuer fangen.

Mit einem Bogen Feuer machen
Nimm ein sehr trockenes, flaches Stück Holz und bohr eine kleine Vertiefung hinein! Schnitz einen trockenen Stock an der Spitze zu und spann ihn in die Sehne eines Bogens. Mit diesem Stock wirst du nun Feuer machen!

Mit einem Holzklotz, der ein Loch haben muss, hältst du den Stock oben fest und drückst ihn nun in die Vertiefung des flachen Holzstücks. Um die Stockspitze legst du Birkenrinde, Harzstückchen oder ein bisschen Heu.

Zieh den Bogen schnell hin und her: Jetzt dreht

sich der Stock. Vergiss nicht, mit der anderen Hand weiterhin Druck auf den Stock auszuüben!

Wenn die Reibungshitze groß genug ist, wird das Brennmaterial zu glimmen beginnen.

Und durch sanftes Blasen und weiteres Drehen des Stockes wird es bald brennen. Das ist eine sehr schwierige Methode, Feuer zu machen, die viel Übung, Zeit und Kraft erfordert!

Abenteurer versuchen, ihr Lagerfeuer ständig am Brennen zu halten, wenn sie den Lagerplatz nicht wechseln und weder Streichhölzer noch ein Feuer-

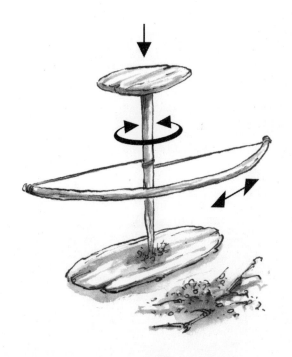

zeug haben. Sie legen regelmäßig neues Holz nach und in der Nacht wird das Feuer bewacht. Falls sie das Lager aber verlassen müssen, graben sie die Glut in die Erde ein und lassen ein kleines Luftloch. Die Glut schwelt bis zu 24 Stunden weiter und man kann mit ihr ein neues Feuer entfachen.

Immer etwas zum Löschen in der Nähe haben: Erde oder am besten Wasser!

Tieren auf die Spur kommen

Tiere hinterlassen verschiedene Arten von Spuren: Pfoten- und Fraßspuren (dazu zählen angenagte Äste und Früchte, angeknabbertes Gemüse oder die Reste eines Beutetieres). Aber auch Stellen, an denen Tiere gebuddelt haben, um sich zu verstecken oder etwas zu vergraben, verraten viel.

Anhand der Losung, dem Kot, kann man ebenfalls Tiere bestimmen – sie ist so verräterisch wie ein Pfotenabdruck.

Es gibt allerdings Tiere, deren Spuren nicht so leicht zu erkennen sind. Dazu zählen Bären, Wiesel, Vielfraße, Dachse, Robben, Stachelschweine und Waschbären.

Bär

Wiesel

Vielfraß

Dachs

Robbe

Stachelschwein

Waschbär

Tiere können Angst riechen
Schon mancher Jäger, der einem großen Tier begegnet ist, hat sich durch seinen Geruch verraten. Hat man Angst, wird ein bestimmter Duftstoff freigesetzt.

Deshalb Ruhe bewahren, wenn du unerwartet auf ein großes Tier triffst! Bleib ganz still stehen und sprich beruhigend auf das Tier ein. Zieh dich langsam zurück!

Vorsicht vor diesen Tieren!
Speispinne: Du erkennst sie an der kleinen geigenförmigen Zeichnung auf dem Kopf. Ihr Biss ist giftig! Schüttelfrost, Fieber, Flecken auf der Haut und starke Schmerzen sind die Folge.

Vogelspinne: Diese Spinne lebt in tropischen und subtropischen Klimazonen. Sie sieht zwar gefährlich aus, aber der Biss ist mit dem Stich einer Wespe vergleichbar.

Schwarze Witwe: Sie heißt so, weil die Weibchen nach der Paarung laut volkstümlicher Überlieferung manchmal die kleineren Männchen verspeisen und danach sozusagen „Witwen" sind. Auf dem Hinterleib hat sie eine Zeichnung, die wie eine Eieruhr aussieht. Ihr Biss kann einen Menschen eine Woche lang völlig außer Gefecht setzen, ist aber selten tödlich.

Vampirfledermaus:
Es gibt sie nur in Mittel- und Südamerika. Sie saugt Blut von schlafenden Tieren und Menschen. Der Biss ist nicht giftig, aber die Vampirfledermaus kann Tollwut übertragen.

Hilfe, giftige Schlangen!
In Gegenden, in denen Giftschlangen vorkommen, beachte folgende Tipps:

➡ Stiefel tragen und genau schauen, wo du hintrittst!

➡ Nie ins Laub, unter Baumstämme, in Wurzelstöcke oder hinter Steine greifen! Immer zuerst mit einem Stock kontrollieren, ob dort vielleicht Schlangen liegen.

➡ Bloß keine Schlange ärgern oder absichtlich in die Enge treiben!

➡ Wenn du einer Schlange über den Weg läufst, versuche, den Rückzug anzutreten!

➡ Bettwäsche, Schlafsäcke, Schuhe, Klamotten und Rucksäcke kontrollieren – vielleicht haben sich Schlangen darin verkrochen.

Folgende Schlangen sind giftig:
Klapperschlangen – sie leben in Kanada und Nord-, Mittel- und Südamerika. Du erkennst sie an der Hornrassel, die laut zu hören ist.

Korallenschlangen – mit ihren schwarzen und roten Streifen sind sie sehr auffällig gemustert. Sie kommen im Süden der USA und in Südamerika vor. Sehr giftig!

Kreuzotter – sie ist die einzige Giftschlange Europas, lebt in Heiden und Mooren. Erkennbar ist sie an ihrem dunklen Zickzackmuster am Rücken. Ihr Biss kann für Kinder und alte Menschen lebensgefährlich sein.

Puffotter – dieses Tier lebt in Asien und Afrika, meist in der Nähe von Wasse. Es hat einen dicken Körper.

Mamba – diese Schlangenart lebt in Afrika, vor allem auf Bäumen. Sie schlägt blitzschnell zu. Ohne Gegengift führt ein Biss zum Tod.

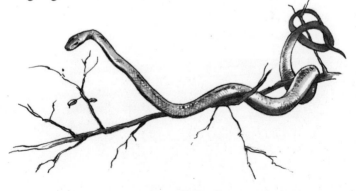

Speikobra – sie ist in Afrika und Asien zu finden und spuckt ihr Gift mehrere Meter weit. Das Schlangengift ist gefährlich, wenn es in die Augen oder in eine offene Wunde gerät.

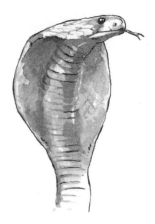

Todesotter – diese Art kommt in Australien vor. Ihr Körper ist eher kurz und dick. Das Gift zählt zu den stärksten Schlangengiften überhaupt. Sie kann sich ganz geschickt tarnen.

Tigerotter – sie lebt in Australien, ist sehr angriffslustig und giftig.

Seeschlangen – diese Art von Giftnattern kann über 2 Meter lang werden. Sie lebt im Indischen und Pazifischen Ozean und ist die giftigste Schlange der Welt.

Wo ist der beste Zeltplatz?

Wähle einen ebenen Platz, am besten auf einer kleinen Erhebung, nie am Fuße eines Abhanges. In Mulden sammelt sich bei Regen schnell das Wasser und aus dem Zelt wird ein „Wasserbett".

Der Boden soll schön trocken sein. Hohes Gras ist ein Zeichen für Feuchtigkeit, also zum Zelten nicht geeignet. Auch im Unterholz, an Fluss- und Seeufern oder direkt am Meer solltest du dein Zelt nicht aufstellen.

Es ist auch nicht günstig, unter Bäumen zu schlafen, weil bei starkem Wind Äste abbrechen und aufs Zelt fallen könnten.

Wichtige Tipps

➜ Wenn du in der Wildnis zeltest, brauchst du die Erlaubnis des Landeigentümers!

➜ Bau das Campingklo immer so auf, dass es gegen den Wind steht! Sonst gibt es unangenehme „Duftüberraschungen"!

➜ Vor dem Zeltaufbau den Boden unter die Lupe nehmen. Große Unebenheiten spürst du sonst die ganze Nacht über.

➜ Der Zelteingang soll immer vom Wind abgewendet sein.

➜ Das Lagerfeuer muss stets in sicherer Entfernung vom Zelt sein, damit nichts passiert.

➜ Die Feuerstelle sollte so gewählt werden, dass der Wind keine Funken zum Zelt wehen kann.

➜ Essen und Getränke immer im Schatten aufbewahren.

➜ Gib alle Nahrungsmittel, die du vor Tieren schützen willst, in einen Vorratsbeutel. Häng den Beutel gut verschnürt an einen langen Ast. So ist er vor tierischen Räubern sicher.

➜ Im Zelt immer nur Taschenlampen verwenden, auf gar keinen Fall Kerzen. Sonst besteht Feuer- und Rußgefahr!

➜ Bei stärkerem Wind kontrolliere regelmäßig die Zeltverspannungen!

➡ Lass die Taschenlampe in der Nacht in Reichweite liegen! Falls du aufwachst und ein verdächtiges Geräusch hörst, hast du sie sofort zur Hand.

➡ In kalten Nächten eine Kappe oder Mütze tragen! Den Schlafsack immer bis zum Kinn hochziehen!

➡ Ausweis, Geld und Wertgegenstände in der Nacht im Schlafsack verstecken – am besten bei den Füßen!

➡ In kleinen Zelten niemals essbare Sachen aufbewahren! Sie könnten unerwünschte Besucher wie Ameisen anlocken.

➡ Zucker und Salz in luftdichten Behältern aufbewahren! Sonst verklebt alles.

➡ Aus zwei Stöckchen und einem starken Gummiband kannst du Wäscheklammern basteln. Die oberen Enden abflachen, aufeinanderlegen und mit einem Gummiband umwickeln.

➡ Campingdusche? Kein Problem! Füll einen Plastikbeutel mit Wasser und häng diesen auf einen Ast. Du stellst dich nun darunter und stichst mit einer Gabel ein paarmal hinein. Schon kannst du duschen!

*Die Inhalte dieses Spezialbandes wurden
mit größtmöglicher Sorgfalt geprüft.
Dennoch können wir keine Haftung für
die Richtigkeit, Vollständigkeit und
Aktualität der Angaben übernehmen.*

HALLO THOMAS!

Wolltest du schon immer Schriftsteller werden?
Zuerst wollte ich Tierarzt werden, aber ich habe beim Studium schnell erkannt, dass das kein Beruf für mich ist. Geschichten habe ich mir immer schon gerne ausgedacht und geschrieben habe ich auch gerne. Allerdings nicht in der Schule, denn meine Deutschlehrer waren immer nur auf Fehlerjagd. Geschrieben habe ich mehr für mich und durch viele Zufälle ist aus dem Hobby ein Beruf geworden.

Wie lange brauchst du für ein Buch?
Ganz unterschiedlich. An guten Tagen schaffe ich etwa 20 Buchseiten. Es gibt auch Tage, an denen ich nur wenig schaffe. Trotzdem setze ich mich immer hin. Ich höre übrigens immer mitten im Satz zu schreiben auf. Am nächsten Tag fällt das Anfangen dann viel leichter.

Erfindest du alles, was in deinen Büchern steht, oder recherchierst du viel?
Natürlich recherchiere ich, wenn es das Thema verlangt. Sehr gründlich. Das ist auch wichtig für mich, weil ich mich sonst beim Schreiben nicht sicher fühle. Zum Recherchieren bin ich schon U-Boot gefahren, durfte einmal als Flugschüler ein kleines Flugzeug steuern, habe einen Sturzflug miterlebt, Tierpfleger bei der Arbeit begleitet, lange

Gespräche mit Tierschützern geführt und viele Städte und Länder bereist. Die Geschichten selber entstehen natürlich in meiner Fantasie.

Woher nimmst du eigentlich deine Ideen?

Hm, das ist mir selbst ein Rätsel. Sie kommen ganz einfach. Ich ziehe Ideen an wie ein Magnet … Ich halte Augen und Ohren weit offen und fange sie auf diese Weise ein. In meinem Kopf reifen sie dann. Manche ein paar Wochen, andere ein paar Jahre. Von 1000 Ideen setze ich aber nur vielleicht 30 um. Ich sammle ständig und überall. Oft genügt ein winziger Anstoß und auf einmal wächst daraus die Geschichte.

Entstehen deine Geschichten erst beim Schreiben am Computer oder hast du sie schon vorher ganz genau in deinem Kopf?

Mehr als zwei Drittel sind fertig, wenn ich mich zum Schreiben hinsetze. Ich notiere jede Idee in einen Mini-Computer, den ich immer dabeihabe, aber nur aus einigen werden dann Geschichten. Manchmal braucht das „Wachsen" ein paar Wochen, manchmal ein paar Jahre.

Was ist das für ein Gefühl, wenn man so bekannt ist?

Ich finde es toll, wenn ich Briefe und E-Mails von Lesern bekomme, die mir erzählen, wie viel Spaß und Spannung sie beim Lesen hatten. Das ist für mich ein wunderbares Gefühl. Schließlich schreibe ich nicht, um bekannt zu sein, sondern weil es für mich die tollste Sache der Welt ist.

Ravensburger Bücher **von Thomas Brezina**

Spannung pur für Detektiv-Fans!

Sie sind cool, clever und können ungelöste Fälle nicht ausstehen.

Lilo, Axel, Poppi und Dominik sind die Knickerbocker-Bande!

Ravensburger Bücher

Diese Abenteuer von der Knickerbocker-Bande sind bereits erschienen:

Habe ich	Fehlen mir		ISBN 978-3-473-
O	O	Rätsel um das Schneemonster	47081-5
O	O	Das Phantom in der Schule	47082-2
O	O	SOS vom Geisterschiff	47100-3
O	O	Die Rache der roten Mumie	47085-3
O	O	Im Wald der Werwölfe	47087-7
O	O	Das Haus der Höllensalamander	47083-9
O	O	13 blaue Katzen	47084-6
O	O	Die rote Mumie kehrt zurück	47091-4
O	O	Das Phantom der Schule spukt weiter	47092-1
O	O	Der unsichtbare Spieler	47093-8
O	O	Der Schrei der goldenen Schlange	47097-6
O	O	Der Schatz der letzten Drachen	47094-5
O	O	Das Internat der Geister	47095-2
O	O	Der Computerdämon	47098-3
O	O	Der Turm des Hexers	47088-4
O	O	Das Amulett des Superstars	47124-9
O	O	Wenn der Geisterhund heult	47089-1
O	O	Das Mädchen aus der Pyramide	47090-7
O	O	Spuk im Stadion	47096-9
O	O	Im Bann des Geisterpiraten	47099-0
O	O	Die Monstermaske der Lagune	47125-6
O	O	Der Fluch des schwarzen Ritters	47126-3
O	O	Die Maske mit den glühenden Augen	47086-0
O	O	Das Kabinett des Dr. Horribilus	47127-0

www.knickerbocker-bande.de

Ravensburger

Ravensburger Bücher

Thomas Brezina

Rätsel um das Schneemonster

Band 1

Schauder statt Schivergnügen?
Ein Schneemonster versetzt einen
Ferienort in Angst und Schrecken.
Lilo, Axel, Poppi und Dominik glauben
nicht an Geister ...

ISBN 978-3-473-**47081**-5

Thomas Brezina

Das Phantom der Schule

Band 6

Nichts als Gespenster? In Dominiks
Schule treibt ein geheimnisvolles
Phantom sein Unwesen. Wer verbirgt
sich unter dem Flattermantel und der
weißen Maske?

ISBN 978-3-473-**47082**-2

www.knickerbocker-bande.de

Ravensburger Bücher

Thomas Brezina

SOS vom Geisterschiff

Band 16

Ein SOS-Ruf versetzt die Knickerbocker in höchste Alarmbereitschaft. Lilo und Axel machen sich sofort auf, dem in Not geratenen Schiff zu helfen. Als sie an Deck des alten Dreimasters klettern, stockt ihnen jedoch der Atem. An Bord befinden sich nur Skelette, von menschlichen Wesen fehlt jede Spur ...

ISBN 978-3-473-**47100**-3

Thomas Brezina

Das Amulett des Superstars

Band 60

Ein geheimnisvoller Überfall! Poppi wird Augenzeugin, als ein Mann ihrem Idol, Popstar Rocky Oliver, ein Amulett vom Hals reißt. Keiner der zahlreichen Wächter kann den Dieb stellen. Fest steht: Das Amulett besitzt ein magisches Geheimnis, das für den Popstar von unschätzbarem Wert ist ...

ISBN 978-3-473-**47124**-9

www.knickerbocker-bande.de

Ravensburger Bücher

Thomas Brezina

Der unsichtbare Spieler

Band 48

Axel spielt begeistert Fußball im Verein. Eines Tages wird er zu Unrecht beschuldigt, einen Mitspieler gefoult zu haben. Steckt tatsächlich ein unsichtbarer Spieler hinter dem Angriff?

ISBN 978-3-473-**47093**-8

Thomas Brezina

Das Mädchen aus der Pyramide

Band 62

Die Knickerbocker begleiten Dominik bei Dreharbeiten in Ägypten. Doch aus dem erhofften Ferienspaß wird bald ein unheimlicher neuer Fall. Wer ist das seltsame Mädchen aus der Pyramide?

ISBN 978-3-473-**47090**-7

www.knickerbocker-bande.de

Ravensburger Bücher

Thomas Brezina

Im Bann der Geisterpiraten

Band 64

Auf einer Kreuzfahrt erfahren die Knickerbocker von dem Piraten Luke Luzifer: Sein Dreimaster trieb nach einem Raubzug tagelang auf offener See. Kapitän und Besatzung waren spurlos verschwunden. Ein Buch aus der damaligen Zeit taucht auf, und die vier Freunde geraten in den Bann der Geisterpiraten. Droht ihnen ein ähnliches Schicksal?

ISBN 978-3-473-**47099**-0

www.knickerbocker-bande.de

Thomas Brezina

Die Monstermaske der Lagune

Band 65

Ein Geheimgang unter Wasser? Entsetzt beobachtet Dominik, wie ein maskiertes Wesen aus dem schlammigen Lagunenwasser auftaucht. Wo kommt es her? Und was hat es vor? Die Knickerbocker-Bande begegnet noch anderen Maskenträgern und stößt auf ein gefährliches Geheimnis aus der Vergangenheit, von dem nie jemand erfahren sollte ...

ISBN 978-3-473-**47125**-6

LESEPROBE

Als Poppi den Koffer im Hotelzimmer öffnete, wusste sie sofort, dass er nicht ihr gehörte. Obenauf lagen ein elektrischer Rasierapparat, eine Dose Rasierschaum, eine Flasche Rasierwasser, Socken und Boxershorts, die mit tanzenden Kakteen bedruckt waren.

Das jüngste Mitglied der Knickerbocker-Bande suchte vergeblich nach einem Namensschild. Der Koffer sah haargenau aus wie ihrer, und deshalb hatte sie auch ohne zu zögern zugegriffen, als er auf dem Gepäckförderband des Flugplatzes auf ihrer Höhe angekommen war.

Merkwürdig, dachte Poppi, *der richtige Besitzer hätte mich doch auf den Irrtum aufmerksam machen können. Bestimmt steht er jetzt vor meinem Koffer*

*und überlegt, was er mit meinem Pinguin-Nacht-
hemd anfangen soll.*

Als Poppi ihrer Freundin Lilo erzählte, was geschehen war, meinte diese: „Wir müssen den Koffer
morgen zum Flughafen zurückbringen. Vielleicht
wartet deiner dort schon auf dich."

Dann aber kam ihr ein anderer Gedanke: „He,
Moment mal, der Flug war doch nicht ausgebucht
und in dem Flugzeug waren nur Leute unserer Rei-
segruppe. Der Koffer muss jemandem von ihnen
gehören."

Lilo begann, den Koffer Stück für Stück auszu-
räumen und nach einem Hinweis auf den Besitzer
zu suchen. Vielleicht war in ein Hemd ein Mono-
gramm eingestickt oder irgendein Kleidungsstück
war mit einem Namensschild versehen. Vielleicht
gab es auch eine Rechnung oder einen Zettel mit
dem Namen des Besitzers. Sie stöberte in den Klei-
dungsstücken, die augenscheinlich ziemlich hastig
in den Koffer gestopft worden waren, hatte aber
kein Glück.

„Sollen wir ihn Onkel Willbert zeigen?", fragte
Poppi.

Lilo nickte.

Die Knickerbocker-Bande war erst vor wenigen
Stunden in Mexiko angekommen. Das erste Ziel

ihrer Rundreise war Mexiko-Stadt, eine der größten Städte der Welt, von der sie allerdings noch nicht viel gesehen hatten. Als sie den Flughafen verlassen hatten, war es bereits dunkel gewesen.

Onkel Willbert war eine Sache für sich. Dominik bezeichnete ihn als „Nervensäge", für Poppi war er ein „Horror-Oberlehrer" und Lilo hielt ihn für einen „Quatschkopf". Nur Axel hielt sich zurück, denn Onkel Willbert war sein Patenonkel und über seinen Patenonkel schimpft man nicht.

Natürlich wusste er, dass seine Freunde Recht hatten. Onkel Willbert ging jedem auf den Geist, wenn er endlose, langweilige Vorträge hielt und danach seine Zuhörer abprüfte. Er war früher einmal Lehrer gewesen und konnte das auch jetzt im Ruhestand nicht verleugnen.

Onkel Willbert trug häufig Stoffhüte, die wie Rührschüsseln aussahen, hatte eine Nickelbrille, der selbst Dominik das Prädikat „megastreberhaft" verliehen hatte, und war stets mit Anzug und Schlips bekleidet. An seinen Schuhen war niemals Staub zu entdecken und sein graues Haar und der Vollbart waren stets perfekt gestutzt.

Die vier Knickerbocker-Freunde und Onkel Willbert wohnten nicht in einem der riesigen Hotels im Zentrum, sondern etwas außerhalb in einer Anlage, die aus lauter Holzbungalows bestand. In jedem konnten zwei Leute bequem schlafen, doch zum Waschen und Duschen musste man in ein Gemeinschaftshaus gehen.

Als Lilo die Tür des Bungalows öffnete, den Poppi und sie bezogen hatten, wurde ihr mulmig zumute. Die Nacht war unheimlich. Sie war erfüllt vom Quaken der Ochsenfrösche, dem Zirpen der Grillen und den Lauten von anderen Tieren, die Lilo nicht kannte. Außerdem hörte sie ein Rasseln, als ob jemand eine Babyrassel schütteln würde.

Eine Klapperschlange … das könnte eine Klapperschlange sein!, dachte sie entsetzt. Nein, selbst das Superhirn der Knickerbocker-Bande hatte keine Lust, um diese Zeit durch die Dunkelheit zu tappen. Lilo beschloss, sich am nächsten Morgen um die Angelegenheit zu kümmern. Der Besitzer des Koffers würde sich eben einmal nicht rasieren können. Daran würde er ja wohl nicht sterben.

Die zwei Freundinnen gähnten und streckten sich. Der lange Flug und der Zeitunterschied hatten sie geschafft. Sie kletterten in die Hängematten. Nach einigen Versuchen hatten sie eine Position gefunden, in der sie bequem schlafen konnten.

„Nacht, Poppi!", flüsterte Lilo.

„Gute Nacht, Lilo!", sagte Poppi leise.

Doch es wurde keine gute Nacht.

Ungefähr eine Stunde später ging die Tür eines anderen Bungalows auf und jemand schlüpfte in die Dunkelheit hinaus. Der Unbekannte hielt ein dünnes Blasrohr in der Hand und schlich damit zu der Hütte, in der er die beiden Mädchen vermutete.

Er hatte an Poppis Koffer den Anhänger mit ihrem Namen gesehen und daher sofort gewusst, wer seinen Koffer erwischt hatte. Ein Anruf beim Hotelempfang genügte, um herauszubekommen, wo das Mädchen zu finden war.

Unter keinen Umständen wollte er sich allerdings zu erkennen geben. Bestimmt hatte das Mädchen im Koffer gewühlt und die Maske darin entdeckt.

Er war bei der Hütte von Lilo und Poppi angelangt und schlich auf Zehenspitzen zum Fenster. Es handelte sich um ein Schiebefenster, das nach oben geöffnet wurde und halb offen stand. Ein feinmaschiges Gitter schützte die Schlafenden vor lästigen Insekten.

Der Unbekannte schnitt mit dem Taschenmesser ein Loch in das Gitter und steckte das Blasrohr durch. Es handelte sich um eine hochmoderne Ausführung mit Laser-Zielgerät. Ein ultrakleiner roter Punkt tanzte über die Wände und Möbel, bis er die schlafende Lilo erreichte.

Als der Punkt genau auf ihrem Hals war, holte der Unbekannte tief Luft.

„Du Bengel, wirst du wohl wieder schlafen gehen! Schämst du dich denn gar nicht, in der Nacht in das Zimmer der Mädchen zu spähen?", sagte plötzlich eine Stimme hinter ihm.

Schnell riss der Unbekannte das Blasrohr aus dem Fliegengitter und ergriff die Flucht. Als Onkel Willbert die Stelle erreichte, wo der Fremde gestanden hatte, war dieser längst in der Dunkelheit verschwunden.

Axels Patenonkel nahm seine Aufgabe als Aufpasser sehr ernst und hatte noch einmal nach den vier Freunden sehen wollen.

Lilo und Poppi waren durch den Lärm aufgewacht und blinzelten verschlafen. Lilo knipste das Licht an und sah Onkel Willbert in einem blauweiß gestreiften Pyjama und mit einer altmodischen Taschenlampe in der Hand durch die Tür kommen.

„Was … was war denn?", wollte sie wissen.

„Einer der Jungen hat euch beim Schlafen beobachtet. Ich bilde mir ein, er hatte sogar ein Fernrohr dabei. Er wollte euch wohl einen Streich spielen!", erklärte der Onkel.

Das Superhirn der Bande blickte Onkel Willbert

ungläubig an. Wovon redete er? Das würden Axel und Dominik niemals tun.

„Bist du sicher, dass es einer der beiden war?", erkundigte sich Lilo.

Der Onkel nickte, wurde dann aber unsicher. „Na ja, ich denke schon."

Lilo war plötzlich hellwach. Sie schlüpfte in ihre Sportschuhe. Mit einem „die brauch ich kurz" nahm sie Onkel Willi die Taschenlampe ab und hastete nach draußen.

Axel und Dominik wohnten zwei Hütten weiter. Lilo trat ohne anzuklopfen ein und fand die beiden tief und fest schlafend vor. Ihr Atem ging langsam und regelmäßig. Für Lilo gab es keinen Zweifel, dass sie sich nicht schlafend stellten, sondern wirklich schliefen.

Aber wer war dann an ihrem Fenster gewesen?

Auszug aus
„Die Maske mit den glühenden Augen"
von Thomas Brezina
Krimiabenteuer Nr. 40
ISBN 978-3-473-47086-0